Tucholsky Wagner Zola Scott Sydow Freud Schlegel
Turgenev Fonatne Wallace
Twain Walther von der Vogelweide Fouqué Friedrich II. von Preußen
Weber Freiligrath Frey
Fechner Fichte Weiße Rose von Fallersleben Kant Ernst Frommel
Richthofen
Engels Fielding Hölderlin
Fehrs Faber Flaubert Eichendorff Tacitus Dumas
Maximilian I. von Habsburg Fock Eliasberg Ebner Eschenbach
Feuerbach Zweig Eliot Vergil
Ewald
Goethe Elisabeth von Österreich London
Mendelssohn Balzac Shakespeare Dostojewski Ganghofer
Lichtenberg Rathenau Doyle Gjellerup
Trackl Stevenson Hambruch
Mommsen Tolstoi Lenz Droste-Hülshoff
Thoma Hanrieder
von Arnim Hägele Hauff Humboldt
Dach Verne
Reuter Rousseau Hagen Hauptmann Gautier
Karrillon Garschin Baudelaire
Defoe
Damaschke Descartes Hebbel
Hegel Kussmaul Herder
Wolfram von Eschenbach Schopenhauer Rilke George
Darwin Dickens Grimm Jerome
Bronner Melville Bebel Proust
Campe Horváth Aristoteles Federer
Bismarck Vigny Barlach Voltaire Herodot
Gengenbach Heine
Storm Casanova Tersteegen Grillparzer Georgy
Chamberlain Lessing Langbein Gilm
Gryphius
Brentano Lafontaine
Strachwitz Claudius Schiller Kralik Iffland Sokrates
Katharina II. von Rußland Bellamy Schilling
Gerstäcker Raabe Gibbon Tschechow
Löns Hesse Hoffmann Gogol Wilde Vulpius
Gleim
Luther Heym Hofmannsthal Klee Hölty Morgenstern
Roth Goedicke
Heyse Klopstock Kleist
Luxemburg Puschkin Homer Mörike Musil
La Roche Horaz
Machiavelli Kierkegaard Kraft Kraus
Navarra Aurel Musset Moltke
Nestroy Marie de France Lamprecht Kind Kirchhoff Hugo
Laotse Ipsen Liebknecht
Nietzsche Nansen
Marx Lassalle Gorki Klett Ringelnatz
von Ossietzky Leibniz
May vom Stein Lawrence Irving
Petalozzi Knigge
Platon
Pückler Michelangelo Kafka
Sachs Poe Kock
Liebermann Korolenko
de Sade Praetorius Mistral Zetkin

Der Verlag tredition aus Hamburg veröffentlicht in der Reihe **TREDITION CLASSICS** Werke aus mehr als zwei Jahrtausenden. Diese waren zu einem Großteil vergriffen oder nur noch antiquarisch erhältlich.

Symbolfigur für **TREDITION CLASSICS** ist Johannes Gutenberg (1400 — 1468), der Erfinder des Buchdrucks mit Metalllettern und der Druckerpresse.

Mit der Buchreihe **TREDITION CLASSICS** verfolgt tredition das Ziel, tausende Klassiker der Weltliteratur verschiedener Sprachen wieder als gedruckte Bücher aufzulegen – und das weltweit!

Die Buchreihe dient zur Bewahrung der Literatur und Förderung der Kultur. Sie trägt so dazu bei, dass viele tausend Werke nicht in Vergessenheit geraten.

Tintenfisch

Ernst von Wildenbruch

Impressum

Autor: Ernst von Wildenbruch
Umschlagkonzept: toepferschumann, Berlin

Verlag: tredition GmbH, Hamburg
ISBN: 978-3-8424-1391-7
Printed in Germany

Rechtlicher Hinweis:
Alle Werke sind nach unserem besten Wissen gemeinfrei und unterliegen damit nicht mehr dem Urheberrecht.

Ziel der TREDITION CLASSICS ist es, tausende deutsch- und fremdsprachige Klassiker wieder in Buchform verfügbar zu machen. Die Werke wurden eingescannt und digitalisiert. Dadurch können etwaige Fehler nicht komplett ausgeschlossen werden. Unsere Kooperationspartner und wir von tredition versuchen, die Werke bestmöglich zu bearbeiten. Sollten Sie trotzdem einen Fehler finden, bitten wir diesen zu entschuldigen. Die Rechtschreibung der Originalausgabe wurde unverändert übernommen. Daher können sich hinsichtlich der Schreibweise Widersprüche zu der heutigen Rechtschreibung ergeben.

Ernst von Wildenbruch

Tintenfisch

Wenn man hinuntersteigt in die dämmerigen Gänge des Berliner Aquariums, eindringt ins Bereich der »purpurnen Finsternis«, dann verhallt, je weiter wir dringen, hinter uns der Lärm des Lebens, aus dem wir von droben kommen. Stille wird um uns her, die Lautlosigkeit des Schweigens – endlich machen wir Halt: nun sind wir am Grunde des Meeres. Es umfängt uns die Welt, in der es keine Stimmen mehr gibt, keine Töne und Geräusche, die stumme, die taube Welt der unendlichen Tiefe. Glasscheiben zu den Seiten des Wegs spenden ein mattes, bläuliches Licht. Die Fenster sind es der unterirdischen Behausung. Aber diese Fenster blicken nicht in den Himmel, sondern ins Wasser; in schwerer, zwischen den Wänden der Behälter aufgestauter Masse steht Meeresflut hinter den gläsernen Scheiben. Tageslicht, von fern herabsinkend, durchleuchtet mit gebrochenem Schimmer den flüssigen Kristall. Und in diesem Kristall, da sind sie nun, da leben, ruhen und bewegen sie sich, die wundersamen Geschöpfe der wundersamen Welt. Diese Pflanzen, die halb noch Pflanzen und halb schon Tiere, am Grunde wurzeln und doch mit unheimlicher Gier die Armbüschel aufrecken, wenn die Fleischbrocken herabsinken, mit denen sie gefüttert werden, diese Fische, die mit klappenden Kiemen, mit großen, runden, glotzenden Augen vorüberziehn. Geschöpfe, so farblos die einen, daß man sie vom Boden nicht unterscheidet, in dem sie lagern, und andere wieder so farbenprächtig, als hatte ein Sonnenstrahl mit allen sieben Farben des Regenbogens sich herunter verirrt und zum Körper verdichtet; Lebewesen, wie aus Hauch zusammengeblasen die einen, und wie plumpe Knorren und Baumstrünke die anderen: Krebse, die auf krummen, spitzen Schneiderbeinen durch den Sand waten, und mächtige Seeschildkröten, die mit flossenartigen Füßen umher rudern, als fächelten sie sich Luft. Und das alles ohne einen

Ton, einen Laut, eine Welt, in die man hineinsieht und von der man nichts hört. Lautlos alle Kundgebungen dieses geheimnisvollen Lebens, die friedlichen, wie die feindseligen. Denn manchmal geschieht es, daß da drunten eines über das andere herfällt. Dann entsteht ein Kampf, manchmal auf Leben und Tod; und auch das geht lautlos vor sich, ein stummes Ringen, Würgen, Töten und Getötetwerden.

Unter diesen Kammern des Schweigens ist eine, die beinah noch schweigsamer erscheint als die übrigen. Wenn man davor tritt, sieht es aus, als wäre sie leer; man gewahrt keine Insassen. Aber sie ist nicht leer: »Tintenfisch« – so steht auf der Platte gedruckt, die, am Behälter angebracht, dessen Inhalt anzeigt. Indem wir das lesen, fällt es uns ein, daß wir den Namen kennen, daß er einen ganz besonders unheimlichen Bewohner der Tiefe bezeichnet, ein Geschöpf, das wenn es groß wird – und es wird riesengroß – »Krake« heißt, das Fangarme ausstreckt, mit denen es erwachsene Männer an sich reißt, und nicht einzelne Männer nur, sondern ganze Schiffsmannschaften, und sie unter die Wellen zieht – wohin? In einen unter den Wellen gähnenden, furchtbaren Rachen und Schlund.

Hier in dem engen Behälter wird ein Krake wohl nicht hausen, aber der Tintenfisch, der darin sein soll, wo ist er denn nur? Und indem wir nach ihm suchen, siehe da – aus der Höhle, die von Felsen aufgebaut drinnen an der Seite des Behälters steht, hängt etwas heraus, das beinahe wie ein Rüssel aussieht. Über dem Rüssel ist etwas Rundes, das den Eindruck erweckt, als wäre es eine Stirn. Und es ist wirklich eine Stirn; das Runde gehört zu einem Kopf; in dem Kopfe sind Augen – wir sehen, weil wir das Tier von der Seite, im Profil beschauen, nur das eine, aber dieses, dieses Auge! Nicht das glotzende Tellerauge des Fisches, sondern, zwischen länglichen Lidern eingelassen, heiß, schwarz wie eine Perle von schwarzem Schmelz, das Auge eines Säugetieres, eines klugen, hochentwickelten. Ein im Ausdruck wechselndes, leidenschaftliches, beobachtendes Auge. Regungslos hängt der Körper des Tieres in der Felsenhöhle, nur das Auge wandert umher.

Jetzt hat es uns erspäht, die wir draußen an der Glasscheibe stehn; einige Sekunden lang faßt es uns fest, dann gleitet es weiter – »die gehn mich nichts an«. Auf den sandigen Boden des Behälters richtet es sich; das ist sein Jagdgebiet. Und über dieses Jagdgebiet kriecht eben langsam, langsam ein Taschenkrebs dahin. Das schwarze Auge hat ihn bemerkt; heiß war es gewesen, jetzt wird es glühend. »Da ist Beute!« – es ist, als hörte man das Auge sprechen. Und jetzt – was geschieht? Aus der Felsenhöhle hebt sich etwas heraus, der regungslose Körper wird lebendig. Wie ein Sack, ein weicher, elastischer sieht es aus, was sich da emporschnellt; über dem Sack, dem Unterleib des Geschöpfes, wirbeln die Fangarme, sich ausstreckend, wieder zusammenziehend, hinausgreifend wie die verkörperte Gier. Quer durch den Behälter, mit einer Geschwindigkeit, vor der es kein Entrinnen gibt, kommt er dahergesegelt, der Verschlinger, grade auf den unglückseligen Taschenkrebs zu. Ein Augenblick – die wirbelnden Fangarme haben ihn umschlungen, er ist verschwunden; und stürmisch wie er herausgekommen, segelt der furchtbare Jäger in seinen Schlupfwinkel zurück. Noch eine Zeitlang gewahrt man ein Sich-Regen und Bewegen, ein Arbeiten von Kopf und Sack: der Taschenkrebs wird in den Rachen geschoben, verschlungen und hinuntergewürgt. Dann ist alles vorüber und vorbei; die Jagd beendet, die Mahlzeit verzehrt. Regungslos, wie zuvor, hängt der Körper, rastlos wandert das spähende, beobachtende Auge. –

Eine solche Kammer des Schweigens, solch ein lautloses, auf den ersten Anschein unbewohntes Gelaß war das große, mit Bücherregalen, Büsten und Bildern ausgestattete Zimmer, in dem Peter Aichschnitzer hinter dem Schreibtisch an der Arbeit saß, der Schriftsteller, der Kritiker, der Essayist. Auf den ersten Anschein unbewohnt – denn hinter dem Wall von Büchern, Briefen und Manuskripten, die sich auf dem Schreibtisch häuften, verschwand die Gestalt des kleinen Mannes so gänzlich, daß jemand, der ins Zimmer getreten wäre, zunächst kaum etwas von ihm wahrgenommen haben würde. Es kam aber niemand, niemand trat ein, und niemand störte. Peter Aichschnitzer war an der Arbeit. Alle die ihn kannten, wußten, daß er vormittags immer an der Arbeit war, darum würde von ihnen allen keiner gewagt haben, ihn zu stören. Denn wenn sich hinter der Büchermauer der Kopf, der sorgfältig frisierte, des schreibenden Mannes vom Papier erhoben hätte, so würde aus den dunklen, schwarzen Augen ein solcher Ausdruck befremdeten Staunens gesprochen haben, daß dem Eindringling angst und bange davor geworden wäre.

Also blieb er unbehelligt in seinem einsamen, großen Zimmer. Denn obschon die Wohnung, zu der es gehörte, nicht gerade umfangreich, nur die Wohnung eines unverheirateten Mannes, eines Junggesellen war, so war das Zimmer selbst doch groß. Ein Raum, in dem man den Blick umherschicken, die Ellbogen ausstrecken, unter Umständen auch hin- und hergehn konnte. Ein Raum, das sah man dem Zimmer an, der sich im Laufe der Jahre dem Bewohner um Leib und Seele gelegt, angepaßt, bequem gemacht hatte, wie das Schneckenhaus der Schnecke, der Hausrock dem Menschen. Und in diesem geräumigen, behaglichen, von der Geistesarbeit wie mit unsichtbaren, elektrischen Wellen erfüllten Gemach keine Stimme, kein Ton, kein Laut. Nur das Sich-Heben des wohlfrisierten Kopfes, wenn der arbeitende Mann einem Gedanken nachsann, das Sich-Senken, wenn er ihn niederschrieb. Dazu das kaum vernehmbare Rascheln, mit dem die Feder übers Papier glitt. Eine stumme, geräuschlose, aber in ihrer Stummheit angespannte Tätigkeit. Hin und wieder das Rollen eines Schubfaches, das er am Schreibtische aufzog, das Knistern von Manuskripten, die er herausnahm, das Rauschen eines Buches, das er aufschlug, der Klapp, mit dem er es wieder zuschlug, und der dumpfe Schlag, mit dem das geschlossene Buch auf den Wall der anderen Bücher flog, die sich um den Schreibsessel des Arbeitenden türmten.

Jetzt eben war solch ein Buch zugeschlagen und auf die Büchermauer geworfen worden. Mit einer besonderen, beinah grimmigen Energie war es geschehn. Gleich darauf stand der Mann vom Stuhle auf und ging im Zimmer hin und her. Stumm hatte er gesessen, stumm wandelte er auf und nieder. Aber jetzt konnte man ihn deutlicher sehn, und wenn man ihn ansah, begriff man, woher es kommen mochte, daß er bei denen, die ihn kannten, unter dem Beinamen »Tintenfisch« ging. Nicht nur klein von Statur, der Mann war verwachsen. Auf dem Rücken, zwischen den Schulterblättern, war eine Wölbung; keine übermäßige, auffallende, aber doch eine wahrnehmbare. Dadurch erhielt der gedrungene, auf zwei kurzen Beinen ruhende Oberleib etwas Sackartiges. Die Schultern waren hoch. Und aus diesen Schultern, auf einem gleichfalls kurzen Halse, wuchs der Kopf heraus, ein schön geformter, ein bedeutender Kopf.

Eine breite, gut modellierte Stirn, ein gewölbtes Hinterhaupt; der Scheitel mit vollem, noch nirgends angegrautem, wohlgescheiteltem Haar bedeckt. Ob das Gesicht schön oder häßlich war? Es gibt Gesichter, bei denen man zu solcher Frage eigentlich nicht gelangt, weil die Augen und der Ausdruck darin einen so in Beschlag nehmen, daß man auf etwas weiteres nicht achtet. So war es bei diesem Mann: als wenn man sich verbrennen würde, wenn man ihnen zu nah kam, so wurde einem zumute, wenn man diese Augen ansah.

Keine sanft erwärmende, wohltätige, eine brennende, den Gegenstand, den sie erfaßten, beinah fressende Glut. Ein Ausdruck von solcher Lebendigkeit darin, daß man hinter diesen Augen das Seelenleben wie eine ununterbrochen rollende, keinen Moment aussetzende Maschine zu gewahren meinte. Dabei in diesem Ausdruck ein beständiges Wechseln, ein beinah springendes Auf und Nieder, Hin und Her, ein Flackern und Aufflammen, wie wenn Stichflammen aus dem Manne heraus wollten, dann wieder ein Lächeln, so voll kalter Verachtung, als wenn ein ganzes Feuermeer von Leidenschaft daran hätte zu Eis gefrieren können.

Und dieses alles ohne Ton und ohne Laut, ein Selbstgespräch voll tausend Gedanken, und ohne ein Wort. Bis daß jetzt, indem seine Blicke sich wieder auf das Buch richteten, das er vorhin auf die Seite geworfen hatte, das Selbstgespräch zum Zwiegespräch zu werden schien: mit dem Buche schien er zu sprechen, vielleicht auch mit dessen Verfasser. Der Ausdruck, den seine Augen dabei annahmen, verkündete, daß es ein böses Gespräch, eine grimmige Auseinandersetzung werden würde. Und so war es: das Buch enthielt eine Dichtung, die Dichtung hatte er gelesen; jetzt wollte er eine Kritik darüber schreiben. »Beute« – so hatte das Auge des Tintenfisches gesprochen, als er den Taschenkrebs über den Sand humpeln sah; »Beute« sagte der Blick Peter Aichschnitzers, indem er daran dachte, was und wie er über diese Dichtung da schreiben würde. Ein beinah gieriges Frohlocken war in dem Blick. Er fühlte seine Kraft, war seiner Macht und Stellung sich bewußt. Seiner Stellung als anerkannt erster, geistvollster Kritiker Berlins, seiner Macht, durch sein Wort Leben zu verleihen, oder zu töten, zu köpfen. Das wußte nicht er allein, das wußten sie alle, diese Dichter und Dichterlinge, die ihm ihre Bücher zuschickten, in die Hände, unter die Füße schoben: Sprich über mich! Nur ein Wort! Nur ein Wort!

Mit dem eisigen Hohn, der darin wohnte, ging sein Auge über den Wall von Büchern, der seinen Schreibtisch umkränzte. Die Narren! Wußten sie denn nicht, daß bei ihm eigentlich nur Tod zu holen war? Daß er immer nur köpfte? Und dennoch kamen sie, kamen immer wieder, in Massen; wie Schafherden, die sich ins brennende Feuer stürzen, die Stümper! Wußten sie denn nicht, daß sie allesamt Stümper waren? Daß es eine Wollust für ihn war, ihnen das vor aller Welt zu sagen, was sie sich in der Stille ihres Bewußtseins selber hätten sagen sollen? Daß er Recht erworben hatte, ihnen das zu sagen, weil er sich das tödliche Wort einstmals selbst zugerufen, sein Schaffen eigenhändig geköpft hatte?

Ja – da lag's. Was unter allen Erlebnissen als das folgenschwerste in jedem Menschenleben fortwirkt: Dieser Mann hatte es erlebt: er hatte resigniert.

Resignation ist etwas Verschiedenes, je nach der verschiedenen Anlage des Menschen. Die weiche, unkräftige Natur ergibt sich freiwillig, die starke, energische, nur gezwungenermaßen; jene mit sentimentaler Wehmut, diese unter Kämpfen, die ans Leben gehn. Ein Feuerbad ist Resignation für beide; die Flügel versengen sie sich darin beide. Aber der Weiche, Unkräftige schleppt sich mit den versengten Flügeln weiter und gewöhnt sich allmählich daran, der Starke, Energische kann mit verbrannten Flügeln nicht leben, ohne Ziel und Vorhaben nicht sein, darum, statt der einstigen, unbrauchbar gewordenen, schmiedet er sich andere, neue Flügel. Statt des Zieles, nach dem er gelangt und gebangt hatte und das er hat aufgeben müssen, weil es sich ihm versagte, greift er nach einem anderen. Denn jede Kraft will erreichen, weil sie erreichen muß. Der starke Mensch stirbt nicht an der Resignation, er geht als ein verwandelter, manchmal furchtbar verwandelter daraus hervor.

So stand es hier. Denn in diesem Peter Aichschnitzer war ein starker, ein energischer, vielleicht sogar ein mächtiger Geist, eine Natur, die leidenschaftlich, vielleicht sogar gierig nach dem Leben verlangt hatte. Als er jung gewesen war, hatte er Gedichte geschrieben, Erzählungen, Dramen, alles, und alles ohne Erfolg. Natürlich hatte er anfänglich dem Publikum schuld gegeben, das ihn nicht verstand. Er hatte es zwingen wollen.

Wie ein beutehungerndes Raubtier hatte er wieder und immer wieder zum Sprunge angesetzt, und wieder, immer wieder war der Sprung fehlgegangen. Bis daß endlich die Stunde, die noch heute nicht vergessene, gekommen war, wo er sich seinen eigenen Werken wie denen eines Fremden gegenüber setzte und erkannte, daß die Schuld nicht am Publikum, sondern an ihm selbst lag. Seit der Stunde hatte er auf das Schaffen als Dichter verzichtet. Als er jung gewesen war, hatte er heiß, beinah brennend, beinah wütend nach dem Weibe verlangt. In allen Gesellschaften, wo schöne Frauen verkehrten, war Peter Aichschnitzer anzutreffen gewesen. Er hatte Gedanken im Kopf, wußte die Gedanken auszusprechen, er ward ein Erzähler, ein Unterhalter, und die Frauen ließen sich gern von ihm unterhalten. Das sah er, fühlte er, und das machte ihm Freude. Dann aber geschah es, daß auf den Platz, wo er soeben gesessen, sich ein anderer setzte, irgendein gleichgültiger, fader Geselle, der nicht halb so viel Gedanken im Kopfe hatte, nicht halb so gut zu plaudern wußte wie er, der aber eines vor ihm voraus hatte, nämlich, daß er schlank und grade gewachsen war und ein sauberes Gesicht besaß. Und alsdann bemerkte er, wie die Frauen, die eben noch mit wohlwollendem Lächeln seinen Worten gelauscht hatten, plötzlich nichts mehr von ihm wußten, wie es viel annehmlicher für sie war, statt sich von dem klugen, kleinen, verwachsenen Kerl geistreiche Sachen sagen zu lassen, dem inhaltslosen Gecken ins hübsche Gesicht zu sehn, sich an seiner tadellosen Gestalt zu berauschen. Als er diese Wahrnehmung machte, und als die Wahrnehmung ihm durch öftere Wiederholung zur Erfahrung geworden, war ihm die Erkenntnis gekommen, daß ihm Gunst und Liebe des Weibes nicht beschieden sei. Seit der Stunde hatte er darauf verzichtet, Frauenliebe zu erjagen.

Resignation – wenn die Falte, die jetzt seine Stirn durchwulstete, ein Mund gewesen wäre – und eigentlich war ja das ganze beredte Gesicht ein stumm sprechender Mund – so würde sie dieses Wort ausgesprochen haben, das wie das Schicksal über dem Manne lag, ihn zu dem gemacht hatte, was er jetzt war. Entsagung, wo er nicht hatte entsagen wollen, überall, in der Betätigung des Geistes, wie im Leben von Sinnen und Leib.

Als er aus jenen Erfahrungen hervorging, die er sich wie Scheidewasser ins Blut getrunken hatte, war ihm zu Mute, als wäre er ein

Baum, dem der Herbst die Blätter abgepflückt hatte, kahl und ohne Schmuck. Nur ein Holzgerippe noch von Stamm und Ästen. In den Adern das einstmals süß gewesene Blut bitter geworden; alles was Hoffnung, Trunkenheit, was Märchen im Menschen heißt, dahin. Jeder Mensch steht einmal vor dem Leben, wie vor einem Zauberpalast, und wartet darauf, daß irgendwas oder irgendwer ihm den goldenen Schlüssel in die Hand geben wird, der die Pforte aufschließt – für ihn war die Stunde gekommen, wo er erkannte, daß das Warten vom Überfluß war, daß er den goldenen Schlüssel niemals in der Hand halten würde. Und zugleich damit die Erkenntnis, daß es überhaupt ein Unsinn war, sich in den Palast hinein zu sehnen, weil kein Zauber darin wohnte, sondern nur die kahle Nüchternheit. Hinter die Schliche war er ihnen gekommen, dem Leben, der Welt, den Menschen, nun glaubte und erwartete er nichts mehr, aber er fürchtete sich auch nicht mehr; für wen es keine Enttäuschung mehr gibt, der lebt nicht mehr im schönen Schein, sondern in der rauhen Wirklichkeit. Die Wirklichkeit aber zwingt man nicht durch Betteln, sondern durch Gewalt. Also dann, wie einer, der in den Krieg geht und sich vorher von seiner Frau und Familie scheiden läßt, damit kein sentimentaler Rückblick ihn beim harten Werke störe, fort mit allem, was bisher gewesen, und als ein andrer, ein neuer Mensch an die Gewalt und in den Kampf!

Zwar auf dem Gebiete der körperlichen Erscheinung war der Kampf aussichtslos. Schöner, als er von Natur war, konnte er nun einmal nicht werden; mit den hübschen, glatten Gecken, deren Anblick die Weiber verliebt und lüstern machte, konnte er nicht wetteifern. Da hieß es weiter resignieren, und an Haß und Verachtung Entschädigung suchen ... Wem die Natur, die »infame Kanaille« nun einmal eine Wölbung zwischen die Schulterblätter gesetzt hat, was das plumpe Menschenvolk einen »Buckel« nennt, dem bleibt nichts übrig, als die Last weiter zu schleppen und ein verwachsener Knirps zu bleiben sein Leben lang. Aber auf dem andern Gebiete, dem des Geistes, war er da auch ein Knirps? Das Gegenteil von einem solchen, er war ein Mächtiger. In dem Augenblick, als er aus dem Scheidewasser der Erfahrungen aufgetaucht war, hatte er das erkannt, hatte er gefühlt, wie die Geisteskraft in ihm aufstand, mit einer Gewalt, als würde er die ganze Welt damit über den Haufen rennen können.

War das eine Kraft, die vorher nicht in ihm gewesen, die gewissermaßen aus dem Nichts geboren wurde? Keineswegs, sondern er hatte nur bisher, indem er nach dem nutzbaren Metall in seinem Innern suchte, an der falschen Stelle geschürft, eine taube Ader im Gestein angeschlagen. Da, wo die Phantasie im Menschen sitzt und das künstlerische Gestalten, hatte er gesucht, weil Jugendeselei ihn verführt hatte, wie sie schließlich auch den Gescheitesten verführt. Mit der rabiaten Energie, mit der er früher im falschen Stollen gegraben, hatte er diesen jetzt zugemauert und sich nach der entgegengesetzten Richtung gewandt. Phantasie – wenn er jetzt das Wort aus seinem Innern, wie aus einem versunkenen Schacht heraufholte, geschah es in der Art, wie ein Naturforscher irgendein absonderliches Gewächs unter die Lupe nimmt, um das anormale Ding zu untersuchen. Kinder spielen mit Seifenblasen, Männer arbeiten mit der Phantasie; für den Vernünftigen gibt es etwas anderes: den Verstand. Und das Werkzeug des Verstandes ist die Beobachtung.

Beobachtung – wie war es nur möglich gewesen, daß er Jahre und Jahre seines Lebens damit hatte vertun können, eine kindisch erfundene eigene Welt in die große wirkliche Welt zu setzen, während diese wie ein ungeheures Feld der Betätigung vor ihm gelegen hatte? Während er jetzt dahinter kam, daß ihm das Werkzeug, mit dem man der Wirklichkeit Herr wird, die Beobachtung, so in der Hand lag, als wäre er mit der Hand daran geboren worden? Als er sich dessen inne wurde, überkam ihn ein Gefühl, als würde er noch einmal, eigentlich zum erstenmal geboren. Ein neues Lebensgefühl ging in ihm auf. Jetzt erst war alles überwunden, was das Verzichten und Entsagen an Wehleidigkeit in ihm zurückgelassen hatte, er wurde innerlich ruhig. Nicht froh und freudig – Freudigkeit ist ein Kindergefühl, und mit Kindergefühlen war er fertig. Auch nicht warm – warm wird man nur, wenn man im Ringen nach einem Ziel in Schweiß gerät, und er wollte nichts mehr erreichen. Aber wirklich ruhig und zufrieden. Nie mehr selber mittun, nur zusehn und beurteilen, was und wie die anderen taten; nie mehr selber kämpfen, nur noch Kampfrichter sein. Wieviel besser, vernünftiger, angenehmer diese Art des Seiens, als die, in der er früher sich abstrapaziert hatte! Eine Art von kalter Wollust war in ihm, wenn er jetzt, so ungefähr wie einer, der den Wassertropfen im Mikroskop betrachtet, in das Reiben und Treiben der Menschen hinunter- und hineinsah.

Wie sie sich abrackerten, diese armseligen Lebewesen! Wie sie kletterten, zurückpurzelten und immer wieder kletterten, um auf den Felsen hinaufzugelangen, der vor ihnen ragte, den Erfolg! Und wie sie bei alledem immerfort emporschielten zu dem Zyklopen-Auge, das über ihnen hing, dem regungslosen, beobachtenden, das sie bannte, zu dem seinen. Denn er war es, der unbarmherzig alles vermerkte, was er da unten sah, all das Verrenken von Armen und Beinen, das schamlos-gefallsüchtige Nachaußenkehren alles Innersten. Und wenn er für heute genug gesehen hatte, ging er nach Haus, in sein schweigsames Tintenfisch-Gelaß. Da griff er zur Feder. Und diese Feder war nun wirklich das, was für den Jäger in der Tiefe der Fangarm ist, ein Werkzeug, mit dem er sich die Welt zur Beute machte, ein gewaltiges, denn er führte eine gewaltige Feder. Ein Dichter war er nicht gewesen, ein Schriftsteller war er, und zwar ein mächtiger.

Alles was er da eben gesehn, dieses ganze Menschen-Gezappel, das schaufelte seine Feder auf das Papier, wie einen Haufen Getreide, den man auf die Tenne wirft. Dann wurde die Feder zum Dreschflegel, und unter den Streichen des Kritikers flogen die Köpfe. Aber Kritik war nicht sein einziges; er war ein außerordentlich unterrichteter Mann, er lernte unverdrossen weiter. Durch alle Gebiete menschlichen Wissens und menschlicher Kultur ging seine Feder in Aufsätzen, Abhandlungen, Essays dahin; und diese Aufsätze waren meisterhaft, mit bannendem Reiz geschrieben. Alles um ihn her war lautlos und stumm – das Papier unter seinen Händen sprach. Alles in ihm war kalt – die Worte, die er schrieb, funkelten vor Geist wie Eiskristalle, die in der Sonne glitzernd so aussehn, als wären sie warm.

Die Folge davon war, daß alle Zeitungen, nicht die Berliner nur, sondern soweit solche in deutscher Sprache verfaßt werden, mit allen zehn Fingern nach seinen Kritiken, seinen Aufsätzen griffen. Peter Aichschnitzer wurde Mitarbeiter an unzähligen Tageszeitungen und Zeitschriften, und sein Name wurde weithin bekannt. Bekannt nicht nur, sondern berühmt; denn das Publikum las seine Sachen mit Entzücken. Den goldenen Schlüssel zum Palast des Lebens hatte er sich einstmals in die Hände gewünscht – den stählernen, mit dem man die Tür zur heutigen Zeit erschließt, zur heutigen Zeit, die lieber über Gedichte, als Gedichte selbst liest, den besaß er jetzt.

Und nicht zu schreiben nur, er wußte auch zu sprechen. Früher hatte er im gesellschaftlichen Salon zu schönen Frauen geplaudert – jetzt sprach er in Volkshochschulen, in Lyzeen, bei all und jeder Gelegenheit, die sich bot, zu Hörerkreisen, zu großen, zu Männern und Frauen. Wie die Leser mit bewunderndem Aufatmen das Blatt aus der Hand legten, in dem sie seine funkelnden Worte gelesen, so gingen Hörer und Hörerinnen berauscht aus dem Saale, wenn der kleine verwachsene Mann mit der großen Stirn vom Katheder herunter zu ihnen gesprochen hatte.

Gerade in dieser Zeit erledigte er in einem der angesehensten Berliner Lyzeen einen Vortrags-Zyklus über Literaturgeschichte. Von der älteren hatte er angefangen, bis in die neuere und neueste schritt er fort. Kühl im Beginn, war er heiß und heißer geworden, je weiter er kam. Und heiß und heißer die Frauen und Mädchen, die zu ihm aufblickten und ihm lauschten.

Die heutige Vorlesung war beendigt. Aus dem weit erschlossenen Portal des Lyzeums strömten die Zuhörerinnen. An der Masse, die da kam, erkannte man, daß der Saal überfüllt, an der Glut der erhitzten Gesichter, der eifrigen, auf der Straße fortgesetzten Unterhaltung, wie stark der Eindruck gewesen sein mußte.

In der flutenden Menge bewegte sich eine Gruppe von Damen, die wie Angehörige zusammenhielten, obschon man sofort erkannte, daß es schwerlich Verwandte waren. Ein äußerliches Band hielt sie zusammen: sie bewohnten gemeinschaftlich eine der großen Pensionen im Westen von Berlin. Inmitten der Gruppe schritt die Pensions-Inhaberin, eine schon angejahrte Witfrau, vielleicht auch ein altes Fräulein, deren wohlwollendes, mit goldener Brille umzirktes Gesicht den Stempel wohltemperierten Bildungsdurstes trug. Vor und hinter ihr, in kleinen Gruppen zu je zweien und dreien gingen ihre jungen, eleganten Pflegebefohlenen, plaudernd, lachend, vielleicht auch mit unheiligem Spott sich über die Persönlichkeit des Vortragsmeisters lustig machend, der kaum über den Rand des Katheders hinausgeragt hatte. Ernsthafter und schweigsamer, sogar völlig schweigsam verhielt sich diejenige, die Seite an Seite mit der Pensions-Inhaberin ging und in stummer Aufmerksamkeit auf deren Worte lauschte. Sie war nicht älter als die anderen, möglicherweise sogar jünger als manche von ihnen, hoch und schlank, geradezu schön gewachsen, so daß sie von der rundlichen Gestalt der Begleiterin abstach. Vielleicht aber war es das schwarze Kleid, das sie trug, oder sonst irgend etwas schwer zu Beschreibendes in dem länglichen, blassen Gesicht, in der ganzen Persönlichkeit, das sie nicht eigentlich jung und jugendlich reizvoll erscheinen ließ. Davon aber schien sie nichts zu wissen. Man sah ihr an, daß sie mit den Gedanken noch so ganz bei dem eben Vernommenen war, daß sie darüber nicht Zeit noch Muße fand, an die Wirkung ihrer eigenen Erscheinung zu denken.

Und so war es. Iduna von Schneideband hatte den Mann heute zum erstenmal sprechen hören; der Eindruck auf sie war ein außerordentlicher gewesen.

Sie kannte ihn schon von früher, schon lange, nicht persönlich, aber als Schriftsteller, durch seine Schriften. Mit dem ersten Worte, das sie von ihm gelesen, war sie gebannt gewesen; seitdem hatte sie alles gelesen, was er vorher und nachher geschrieben. Zeitungen und Zeitschriften, alles wohl, was von ihm zu finden war, hatte sie sich zu verschaffen gewußt und alles, alles gelesen. Schwer war ihr das nicht geworden, denn sie hatte Geld genug, um sich Zeitungen und Blätter zu halten, soviel sie wollte. Mühe hatte es ihr auch nicht verursacht, denn sie war überhaupt eine leidenschaftliche Leserin, beinah ein Bücherwurm. Und Zeit dazu, ausreichende, hatte ihr das Leben gegönnt, das sie geführt, das höchst absonderliche Leben.

Mit ihrem Vater, der ein Landgut in der Mark besaß und dessen einziges Kind sie war, hatte sie Jahre und Jahre lang in der ländlichen Einsamkeit, richtiger gesagt, in Abgeschiedenheit gelebt. Verkehr hatten sie so gut wie keinen; weder der Vater suchte ihn, noch die Tochter. Denn das war das Glückliche für diese beiden, daß sie in ihren Neigungen bis auf den Buchstaben übereinstimmten.

Die Mutter war längst tot. Möglich, daß sie sich mit ihrem Manne gelangweilt hatte, denn er war nicht unterhaltsam. Seine Tätigkeit bestand darin, daß er den ganzen Tag sinnierend auf und ab und schließlich an sein Schreibpult ging, in dessen Fächern ein Papiergebirge sich emportürmte, ein riesiges philosophisches Manuskript. Wann es fertig werden würde, das war gar nicht abzusehn; vielleicht niemals. Jeden Tag, seit Jahren, schrieb er ein Blatt, manchmal auch nur ein halbes, oder noch weniger, das alsdann auf den schon vorhandenen Berg gelegt wurde. Häufig geschah es auch, daß am nächsten Tage das gestern Geschriebene wieder vernichtet wurde. Auf die Weise kam er natürlich nicht sonderlich rasch vom Fleck, das aber kümmerte ihn nicht; er schrieb nur für sich selbst.

Ein Mensch, dessen ganzes Dasein in einem langen Monolog verlief. Monologe aber sind nur auf dem Theater vernehmbar, in Wirklichkeit sind sie stumm. Wer immer stumm bleibt, wird langweilig, also hatte sich die Frau, die eine tüchtige Hausfrau, aber keineswegs philosophisch veranlagt gewesen war, schließlich ausbündig gelangweilt, und also, ohne daß es zu irgendwelchem Zerwürfnis gekommen wäre, mit dem Bewußtsein, daß ihr alter Philosoph, den sie ja im Grunde herzlich liebte, mit der Tochter, die ihm blieb, gut aufgehoben sein würde, war sie still und friedlich dahingegangen. Und dies Bewußtsein hatte sie nicht getäuscht: Iduna, die Tochter, war ganz nach dem Vater geartet, anders als die Mutter. Für sie war die nachdenkliche Versunkenheit des Vaters ein Gegenstand schweigender Verehrung, und der Papier-Chimborasso, der in seinem Schreibpulte aufwuchs, eine Art heiliger Berg.

All ihr Sinnen und Trachten war einzig darauf gerichtet, daß der philosophierende Mann nicht gestört wurde. Den Haushalt, die Bewirtschaftung des Gutes, alles nahm sie ihm ab und nahm es auf sich. Und sie machte das so gut, daß das Leben mit dem Alten wie eine tadellos arbeitende, geräuschlose Maschine dahinging.

Wie eine geräuschlose – denn da der Vater wenig sprach, so sprach sie auch nicht viel, und allmählich, weil er nicht gestört werden durfte, immer weniger. Daher kam es, daß die beiden sich schließlich beinah wie zwei stumme Menschen umeinander her bewegten. Kein Gedanke aber, daß sie das unglücklich gemacht hatte; im Gegenteil, sie lebten ihre Naturen aus und fühlten sich vollkommen wohl. Pünktlich wie eine Uhr war Iduna jeden Morgen früh auf den Beinen. Mit leisen Schritten, während der Vater noch ruhte, durchwandelte sie das Haus. Das Arbeitszimmer des Vaters brachte sie selbst in Ordnung. Keine unheilige, fremde Hand hätte

an das Schreibpult mit dem heiligen Manuskript rühren dürfen. Sie
besaß einen Schlüssel dazu; und jeden Morgen war es ein Moment
stummer Andacht für sie, wenn sie das Pult aufschloß und mit vor-
sichtiger Hand die losen Blätter sorgfältig und reinlich wieder aufeinander schichtete, die unter der Hand des Schreibenden durcheinander gekommen waren. Der Inhalt? Von dem wußte sie eigentlich so gut wie nichts; sie hatte nur hier und da mit naschendem
Blick hineingesehn. Nicht etwa aus Mangel an Interesse, sondern
aus ehrfürchtiger Scheu. Ihr war ja, wenn sie davor stand, zu Mute,
als stände sie vor dem Manuskript der Bibel, dem verschleierten
Bild zu Sais. Das enthüllt man nicht, wenn es einem nicht von beru-
fener Hand enthüllt wird. Und der Vater tat es nicht.

In sich versunken, wie zu Lebzeiten der Mutter, ging er auch jetzt
neben der Tochter her. Daher kam es, daß diese sich allmählich
daran gewöhnte, in dem geheimnisvollen Manuskript etwas zu
sehn, das gar nicht dazu bestimmt war, jemals fertig zu werden,
sondern dessen Zweck einzig darin bestand, daß daran geschrieben
wurde.

Im Verlauf des Vormittags, nachdem der Vater aus dem Bett aufgestanden, kam sie dann beim Frühstück mit ihm zusammen. Ein
freundlich würdevoll zerstreuter Kuß auf die Stirn begrüßte die
Tochter, und das »Guten Morgen!« war eigentlich das einzige Wort,
das zwischen ihnen gewechselt wurde. Denn während des Früh-
stücks noch versanken beide lautlos in die Zeitungen, von denen ein
ganzer Haufen im Hause gehalten wurde. Der Alte besorgte das,
wie alles, was nicht seine Philosophie betraf, halb oberflächlich,
gleichgültig, die Tochter mit eindringlicher Genauigkeit, beinah
pedantisch. Sobald sie die letzte Zeile gelesen, erhob sie sich zu
ihren weiteren Verwaltungspflichten, die sie bis zur Mahlzeit am
Nachmittag auf Hof und Gut umherführten. Die Mahlzeit, bei welcher Papa Schneideband achtlos alles an- und in sich aufnahm, was
die waltende Tochter ihm zu essen vorsetzte, verlief nicht viel red-
seliger als das Frühstück. Und nun, nachdem auch dies erledigt
war, schlug für Iduna die goldene Stunde: sie konnte auf ihr Zimmer gehn und lesen, lesen, lesen. Das wurde denn gründlich besorgt. Handarbeiten gab es nicht für sie; all die Gegenstände, die für
gewöhnlich ein weibliches Wesen umgeben, Nähkörbe mit ihrem
mannigfachen Inhalt, Stoffe, die man benäht, bestickt, in irgend

welcher Weise verarbeitet, waren in ihrem Zimmer nicht zu finden. Statt dessen Bücher, Zeitschriften, und wieder Bücher.

Und zwar Bücher schwersten Kalibers. Gedichte, Erzählungen, Dramen, Dichtungen überhaupt las sie eigentlich gar nicht, wohl aber das, was über Dichtungen geschrieben wird, Literaturberichte, Literaturgeschichten, dickleibige. Dazu kunstgeschichtliche Werke von gleichem Umfang und Gewicht, Kulturgeschichten, Geschichtsbücher; mit einem Worte: lauter Bildungsstoff. Denn in der Seele dieses Mädchens war kaum irgendwelches Bedürfnis nach Unterhaltung, sondern nur ein solches nach Bildung, nach Bildung.

Über dieser Tätigkeit waren ihr nun die Aufsätze Peter Aichschnitzers begegnet, und die packende Schreibweise dieses Mannes hatte es ihr, wie schon gesagt, vom ersten Augenblick angetan. Die Gründlichkeit seiner Kenntnisse erfüllte sie mit ungeheuerem Respekt; die Faßlichkeit seines durchsichtigen Stils machte ihr die Lektüre zu einem weit bequemeren Genuß, als sie ihn in manchem der Dickleiber gefunden hatte; der schneidende Witz seiner Kritiken entzückte sie. Wenn sie am Morgen eine Besprechung aus seiner Feder in irgend einer Zeitung entdeckt hatte, so hob sie sich das Blatt wie einen Leckerbissen bis zum Nachmittag auf, um bei voller Ruhe, erst in der Umgebung ihrer Bücherlaube, zu lesen und zu genießen. Ein unbeschreibliches Wohlgefühl überkam sie, wenn sie sich alsdann zum Lesen zurecht setzte. Wäre ein Spiegel im Zimmer gewesen – was nicht der Fall war – und hätte sie hineingesehn – was vielleicht noch weniger der Fall gewesen wäre – so würde er ihr gezeigt haben, wie ihr blasses, beinah bleichsüchtiges Gesicht sich mit der zarten Röte bedeckte, die im Frauenantlitz so lieblich den Anbruch des großen Lebenstages verkündet. Denn so sonderbar es klingen mag: so wie andre Mädchen Liebesbriefe lesen, so las diese Iduna Schneideband die Aufsätze des Herrn Peter Aichschnitzer. Mit kicherndem Behagen nahm sie seine boshaften Kritiken, mit dem Schauer verhaltener Wonne seine Essays auf, und wenn sie das Blatt oder das Buch, in dem sie ihn gelesen, aus der Hand legte, hatte sie das überzeugte Gefühl, daß auf der ganzen Welt niemand sein könnte, der ihn besser und voller verstand als sie. Einen Mann von Fleisch und Blut mit Fleisch und Blut zu lieben, der Gedanke hatte auch noch nicht ein einzigesmal an ihre Seele gerührt, obwohl in der Nachbarschaft immerhin dieser und jener ganz annehmbare junge Mann vorhanden war. In den Geist dieses, nie mit Augen gesehenen Mannes, den sie vielleicht nie mit Augen sehen würde, hatte sie sich geistig verliebt.

Nachdem sie in diesem Verhältnis schweigender Verehrung, von dem sie niemandem, auch dem Vater nicht, der ja nicht gestört werden durfte, ein Wort sagte, mehrere Jahre hingelebt hatte, geschah etwas, das eigentlich seit langem zu erwarten gewesen war, trotzdem aber wie der Umsturz aller Dinge auf sie einwirkte: der alte Papa Schneideband war eines Tages seiner Frau nachgegangen und nicht mehr da. Noch am Abend hatte er in Seelenruhe an seinem Schreibpult gestanden und ein neues vollgeschriebenes Blatt auf den Chimborasso gelegt; in der Nacht darauf mußte der dann bei ihm eingetreten sein, der Wanderer, der einmal an jede Tür klopft, an die eine hart, an die andere sanft. Zu ihm, so schien es, war er sanft und leise gekommen; man hatte keinen Schrei, kein Wort, keinen Laut überhaupt vernommen. Als es Tag geworden war und er immer noch nicht erschien, war man in sein Zimmer eingedrungen – still und nachdenklich, als wenn er einem letzten Gedanken nachsönne, den er morgen zu Papier zu bringen gedachte, hatte der alte Philosoph im Bette gelegen und war tot gewesen.

Laut hatten ja die Schritte des Vaters nicht geklungen, wenn er im Hause hin und her ging; nun sie verhallt waren, lauschte Iduna ihnen nach, und da sie den leisen Laut nicht mehr vernahm, war es ihr, als wäre ein großes Geräusch aus der Welt gegangen. Die Stille im Hause wurde vernehmbar; eine vernehmbare Stille wird drückend. Nun war sie wirklich einsam und ganz allein. Andere Naturen würden eine solche Einsamkeit nicht ertragen haben; Iduna ertrug sie länger als andere, mehrere Monate lang. Ihre zum Gleichmaß geartete Seele, in der die Vernünftigkeit überwog, hatte eine merkwürdige Fähigkeit, verheerenden Gefühlen zu widerstehn. Dazu halfen ihre Bücher ihr, über denen sie jetzt natürlich noch anhaltender saß als bisher.

Allmählich aber machte sich das menschliche Bedürfnis, Menschengesichter zu sehn und menschliche Stimmen zu vernehmen, doch auch bei ihr geltend. Dazu gesellte sich das Bewußtsein, daß sie nun wirklich unumschränkte Herrin über sich selbst, über ihr Tun und Lassen, und daß sie, als einzige Erbin ihres Vaters wohlhabend, beinah reich, und dadurch in den Stand gesetzt war, ihren Bedürfnissen in jeder Weise Genüge zu tun.

Also reifte ihr der Entschluß, ihr Gut zu verlassen und nach Berlin zu ziehn. Berlin, für jeden Bewohner der Mark Brennpunkt und Magnet, war es für sie natürlich doppelt: da gab es Theater und Konzerte, große Bibliotheken, Hochschulen und Lyzeen; da gab es gelehrte Männer, die an Hochschulen und Lyzeen Vorlesungen hielten, alles, woraus man Bildung, Bildung, Bildung schöpfen kann. Und da gab es noch etwas: Peter Aichschnitzer, den großen Schriftsteller, Essayisten und Kritiker.

Ja, es war so: der Gedanke, daß sie nun mit dem aus der Ferne verehrten Manne an einem und demselben Orte zusammen sein, daß ihr das Glück vielleicht günstig sein und sie persönlich einmal mit ihm zusammenführen würde, war auch ein Beweggrund, und vielleicht nicht der schwächste, der ihren Entschluß beförderte. Und jedesmal, so oft der Gedanke ihr aufstieg, färbte sich ihr blasses Gesicht mit der zarten Röte, die im Frauenantlitz den Anbruch des großen Lebenstages verkündet.

Nach Ablauf von einigen Monaten also gedieh ihr Vorhaben zur Tat. Sie übergab die Verwaltung des Gutes dem Inspektor, mit dem sie schon bei Lebzeiten des Vaters zusammen gewirtschaftet hatte, einem durchaus zuverlässigen Mann. Dann packte sie Kisten und Koffer, ohne zuviel einzupacken, weil sie ja ihren Aufenthalt in Berlin vorläufig nur als einen vorübergehenden betrachtete, schloß ihr stilles, einsames Haus zu und reiste ab.

Wie man es an einem Orte macht, an dem man nur einige Zeit zu verweilen gedenkt, suchte sie sich in Berlin keine selbständige Wohnung, sondern mietete sich in einem großen Pensionat des Westens ein. Auf die Weise, von allen Haushaltungslasten und -sorgen befreit, konnte sie dem Zwecke ihrer Übersiedlung, Bildung zu suchen, Bildung zu genießen, am bequemsten genügen.

Der Zufall hatte sie glücklich geführt; sie war in eine Pension geraten, deren Inhaberin von dem gleichen Drange erfüllt war wie sie selbst, sich zu unterrichten. Sobald die beiden Frauen sich daher kennen gelernt und die Übereinstimmung ihrer Neigungen erkannt, hatte sich ein engeres, beinah intimes Verhältnis zwischen ihnen entwickelt. Aufmerksam und zuvorkommend zu all ihren Damen, fühlte sich die Pensionsinhaberin Iduna Schneideband gegenüber als Freundin, und diese erwiderte ihre Empfindungen. Daß der Name Peter Aichschnitzers in der Pension, namentlich bei deren Vorsteherin kein unbekannter war, versteht sich von selbst. Ganz vertraut aber wurde er dieser erst durch Fräulein Iduna, die seine sämtlichen Aufsätze, Kritiken und Essays im Koffer mitgebracht hatte und es sich nun angelegen sein ließ, die Geistesfreundin darin einzuweihen. Ein großer, für Iduna ein bedeutungsvoller Tag war es deshalb, als sie eines schönen Morgens die Ankündigung in der Zeitung lasen, daß ihr Held demnächst im Lyzeum einen Vortrags-Zyklus über Literatur abhalten würde. Am liebsten wären sie beide allein dazu gegangen; aber die Sache war ruchbar geworden; die zerstreuungssüchtigen Damen der Pension wollten nicht zu Hause bleiben. Zuvorkommend, wie sie war, hatte die Vorsteherin für sie alle Eintrittskarten besorgen müssen. Und heut also war die Vorlesung gewesen, von der sie sämtlich in erregter, die beiden Freundinnen aber in begeisterter Stimmung heimkehrten.

Die Glut, die Idunas Wangen bedeckt hatte, während sie dort drinnen dem Vortrage lauschte, war unter der Einwirkung der frischen Luft draußen wieder verflogen. In ihrem Innern aber lebte der Eindruck fort, mit so tiefer Gewalt, daß sie sich außerstande fühlte, der redseligen Gefährtin auch nur mit einer Silbe zu erwidern.

Indem sie schweigend auf die gebildeten Gemeinplätze hinhörte, welche diese von sich gab, stellte sie noch einmal für sich fest, was sie sich so manchesmal in ihrer einsamen Bücherlaube gesagt hatte, daß sie wirklich die einzige war, die diesen Mann ganz und voll begriff. Diesen Mann, der heut, da sie ihn hatte sprechen hören, noch überwältigender auf sie gewirkt hatte als früher, da sie seine geschriebenen Worte las. Von Zeit zu Zeit schlug das Gekicher der anderen Damen an ihr Ohr, und sie hörte, wie diese sich über die körperliche Winzigkeit des großen Mannes lustig machten. Das mutete sie so fremdartig, so geradezu unbegreiflich an, daß sie nicht einmal Entrüstung darüber aufzubringen vermochte.

Durch ihre Freundin war sie auf die äußere Erscheinung Peter Aichschnitzers, die seiner geistigen Bedeutung nicht entspräche, vorbereitet worden. Mit vollständigem Gleichmut hatte sie das hingenommen. In den Geist des Mannes hatte sie sich verliebt. Dar-

über war ihr, wenn ihr die Möglichkeit vor die Seele trat, daß sie
ihm einmal persönlich begegnete, kaum jemals die Frage gekommen, wie er körperlich aussehn möchte. Und dieses rein geistige
Verhältnis, in das sie sich zu ihm gesetzt, bestand auch jetzt noch
fort, nachdem sie ihm Auge in Auge gegenüber gesessen hatte. Daß
er klein, so klein war, daß er mit dem Kopfe nur gerade über den
Rand des Katheders reichte, daß er vielleicht sogar verwachsen war
– nun natürlich, das hatte sie gesehn. Gesehn, aber nicht bemerkt.
Es war ihr ganz gleichgültig. Denn in diesem Mädchen war etwas
Sonderbares, beinah Körperloses, ein gänzliches Fehlen aller Sinnlichkeit, alles sinnlichen Fühlens, Bedürfens und Begehrens. Darum
hing in dem Hause, wo sie auf dem Lande gelebt hatte, kaum ein
einziger Spiegel. Sie wußte kaum, wie sie aussah; es war ihr einerlei.
Und so wie ihre eigene Erscheinung, war ihr auch die seinige
gleichgültig. Wenn sie die Schriften des Mannes gelesen, war ihr
sein Geist wie eine Persönlichkeit daraus entgegengetreten. Sie hätte
diese Persönlichkeit nicht malen, abbilden, oder auch nur beschrei-
ben können; dazu fehlte ihr die sinnliche Phantasie. Aber sie verlangte auch gar nicht danach, brauchte es nicht; gerade dieses Un-
körperliche, Leere, Abstrakte war das, in das sie sich verlieben
konnte und wirklich verliebte. Und das hatte sich jetzt eben da
drinnen wiederholt: Während der Mann sprach, und sie, beinah
zitternd vor Erregung, dem lauschte, was er sagte, hatte sie kaum
auf ihn hingeblickt. Aus seinen Worten war ihr etwas emporge-
wachsen, wie eine unsichtbare Persönlichkeit, die mit der körperlichen Erscheinung des kleinen, verwachsenen Mannes in gar keiner
Verbindung stand. Darum erfüllte es sie auch nicht mit Entrüstung,
sondern nur mit einem geradezu fassungslosen Staunen, wenn sie
hörte, wie die anderen Damen sich immerfort und immer nur darüber aufhielten, wie er ausgesehn hatte. Eigentlich war es ja etwas,
worüber sie sich freuen konnte; und sie freute sich auch: erkannte
sie doch wieder einmal mit überzeugender Gewißheit, daß sie die
einzige war, die diesen Mann erfaßte; und damit verband sich ein
zweites, beseligendes Gefühl: auch er, der natürlich gar nicht anders
denken und empfinden konnte, als wie sie es tat, der bedeutende,
der geistige Mann, würde, wenn sie einmal Mensch zu Mensch
zusammenkamen, in ihr die einzige, würdige Geistesverwandte
erkennen.

Denn ob sie es sich gestand oder nicht – von diesem Augenblick regte sich in ihr das Verlangen, diesem Manne nicht nur als Hörerin im Hörsaale gegenüberzusitzen, sondern menschlich, persönlich, nah und eng mit ihm zusammenzukommen.

Der Tag ging ihr wie in einem Rausche zu Ende, die Gespräche an der gemeinschaftlichen Mittagstafel in der Pension schlugen wie ein unverständliches, unverstandenes Geräusch an ihr Ohr. In ihrer Seele war es wie ein Dämmer, in dem zwei Lichtfunken glühten: die Erinnerung an den heute vernommenen Vortrag, die Erwartung der noch in Aussicht stehenden.

Diese kamen denn. Zu jeder der Vorlesungen schwärmte das Pensionat wie ein Bienenschwarm aus dem Stocke aus, um mit Blütenstaub des Geistes beladen wieder heimzukehren. Von einer Vorlesung zur anderen wurde der stille Wirbel, in dem Idunas Seelenleben dahinflutete, tiefer, mächtiger, unwiderstehlicher. Als der Zyklus zu Ende ging und die letzte Vorlesung gekommen war, hatte dieser Zustand ihres Innern eine solche Gewalt erreicht, daß ihr der Gedanke, daß sie nun auf unabsehbare Zeit keine Gelegenheit mehr haben würde, Wort und Rede des Mannes auf sich wirken zu lassen, geradezu unerträglich war. Sie konnte und wollte sich nicht darein ergeben; alle Kombinationskraft ihres Geistes strengte sie an, um einen Ausweg zu finden; und am Abend dieses letzten Tages hielt sie wirklich einen Plan in Händen, der es ihr möglich machen konnte, nicht nur als eine unter Hunderten, sondern im engen, intimen Kreise seinem Geiste zu lauschen.

Die Pensionsvorsteherin sollte Herrn Peter Aichschnitzer einladen, in ihrem Salon eine Reihe von Vorträgen zu halten. Das Thema blieb natürlich ihm überlassen.

Noch an dem nämlichen Abend wurde die Geistesfreundin von dem Gedanken unterrichtet, und er fand bei ihr enthusiastische Aufnahme. Abgesehen von ihrem eigenen schöngeistigen Verlangen, erkannte ihr praktischer Verstand sofort, was es für ihre Pension bedeutete, wenn der berühmte Mann bei ihr sein Licht leuchten ließ, und wenn das bekannt wurde. Ihre Pension war von dem Augenblick an eine Bildungs- und Kulturstätte, und in aller Leute Mund.

Weil sie aber, wie gesagt, eine geschäftskundige Frau war, so kamen, sobald die erste Begeisterung sich gelegt hatte, die praktischen Bedenken hinterdrein: Gesellschaftliche Beziehungen zu Herrn Aichschnitzer hatte sie nicht; ihn so einfach aufzufordern, daß er Zeit und Arbeitskraft für nichts und wieder nichts hergab, das ging doch nicht?

Nein natürlich – Iduna stimmte ihr vollkommen bei – das ging nicht.

Ja aber – dann?

Dann also wäre ihm ein Honorar für die Vorträge anzubieten.

Bei diesem Vorschlage bildete sich eine langgezogene Falte des Bedenkens auf der Stirn der Geistesfreundin.

Ob denn Fräulein Iduna glaubte, daß er darauf eingehn würde?

Man könnte es doch jedenfalls versuchen.

Hierauf wieder ein längeres, nachdenkliches Schweigen, dann sah sich die rundliche Dame, die mit Iduna allein in ihrem Kabinett saß, rasch noch einmal um, ob auch niemand horchte, und sodann schob sie sich im Fauteuil dicht zu der Freundin heran.

»Ja, aber wissen Sie, der Mann ist verwöhnt: die Zeitungen wiegen seine Aufsätze mit Gold auf; von dem Lyzeum, das weiß ich aus sicherer Quelle, hat er für seine Vorlesungen ein riesiges Geld bekommen. Billig also wird er nicht zu haben sein.«

Als Iduna dieses hörte, beugte sie sich, wie in einer plötzlichen Anwandlung vornüber, so daß ihre schlanke Gestalt die Freundin beinah bedeckte, und griff nach deren Hand:

»Das, was ich Ihnen jetzt sage, bleibt absolut unter uns?«

Flüsternd hatte sie die Worte hervorgestoßen; die Erregung zitterte darin.

Ein Händedruck von der anderen Seite gab ihr die Versicherung, daß niemand es erfahren würde.

»Sie schreiben an ihn und bieten ihm das Honorar an« – sie nannte eine mächtige Summe – »so daß er natürlich denkt, es kommt von Ihnen, von der Pension; bezahlen das Geld, will ich.«

Die Pensionsvorsteherin fuhr mit dem kugligen Oberleibe empor, so daß ihr Kopf beinah gegen Idunas Gesicht stieß, das noch über sie gebeugt hing; in ihren weit geöffneten Augen war ein Ausdruck, in dem sich Staunen und Bewunderung mischten. Das war ja ein Drang nach Bildung, der ihr wahrhaft imponierte! Jedenfalls aber war durch diesen Vorschlag die Sache in einer Weise glatt gemacht, daß kein Anlaß mehr bestand, den Versuch nicht wenigstens zu unternehmen. Gleich am nächsten Morgen setzte sie sich darum nieder, und auf einem, mit der Firma ihrer Pension bedruckten Briefbogen, in ihrer kaufmännisch geläufigen Handschrift entwarf sie ein von allem Weihrauch der schmeichelnden Bewunderung durchduftetes Schreiben an Herrn Professor Aichschnitzer, worin sie ihn einlud, in ihrem Salon, vor den Damen ihres Pensionats, die mit Begeisterung seinen Vorlesungen im Lyzeum gelauscht hätten, eine Reihe von Vorträgen zu halten, zu denen er sich das Thema auswählen möchte.

Während des Schreibens wurde ihr schöngeistiger Enthusiasmus gradezu dithyrambisch, wozu das Bewußtsein nicht unwesentlich beitrug, daß die Sache sie nichts kostete, und sie schloß den Brief, indem sie der Überzeugung Ausdruck verlieh, daß der große und berühmte Mann es nicht verschmähen würde, bildungersehnender Weiblichkeit aus seinem reichen Geiste Nahrung und mit seinem mächtigen Wissen hilfreiche Hand zu bieten. Am Fuße des Briefbogens war dann mit bedeutungsvollem Lakonismus das Honorar genannt, das man sich anzubieten erlaubte.

Mit erhitztem, aber strahlendem Gesicht wurde das Schreiben Fräulein Iduna vorgelegt, die es schweigend durchlas; die Verfasserin nahm dieses Schweigen natürlich als Ausdruck unbedingter Zustimmung auf. Der Brief wurde geschlossen, in den Kasten gesteckt, und während das übrige Pensionat noch nicht ahnte, welch eine Schicksals-Spende ihm bereitet wurde, harrten die beiden Verschwörerinnen, heimliche Blicke des Einverständnisses untereinander austauschend, mit süßem Bangen auf den Erfolg, den ihr Unternehmen haben würde.

Sie mußten aber ziemlich lange warten.

Als Peter Aichschnitzer den Brief gelesen hatte, war seine erste Regung gewesen, ihn unbeantwortet in den Papierkorb zu werfen.

Dann aber hatte er ihn auf dem Schreibtisch liegen lassen, war aufgesprungen, im Zimmer hin und her gerannt, mit gerunzelter Stirn, mit schwingenden Armen, so daß er wirklich so ungefähr wie ein erboster Tintenfisch aussah. Aller Ärger, den ihn »die Weiber« im Lauf des Lebens hatten schlucken lassen, stieg wie eine Gallenwelle in ihm auf. Aus einer Pension im Westen kam das – na ja – wo das sitzt, das elegante Frauenvolk, an dem er früher seinen Geist und Witz verschwendet hatte, das über ihn hinweggesehn hatte, sobald der fade Geck erschienen war, der gerade gewachsene, schlanke!

Dann aber nahm er den Brief noch einmal auf – wie hatte die Verfasserin geschrieben? »Der Überzeugung glaubte sie sich hingeben zu dürfen, daß der große und berühmte Mann es nicht verschmähen würde, bildungersehnender Weiblichkeit« – mit einem Hohngelächter flog das Blatt auf den Tisch zurück.

Das konnte ihm fehlen!

Ein Konventikel von Blaustrümpfen, die ihn aufforderten, ihrer Bildungs-Philisterei hilfreiche Hand zu leihen!

Peter Aichschnitzer gehörte zu jener Art von Männern, die mit einem durch nichts zu überzeugenden Unglauben dem weiblichen Geiste gegenüberstehn. Frauen, die sich wissenschaftlich, künstlerisch, überhaupt geistig betätigten, flößten ihm Widerwillen ein. Blaustrümpfe! Sobald er an den blauen Strumpf dachte, verflog ihm der Duft, der vom Leibe und aus dem Gewande des Weibes ausgeht, der berauschende, der seine Sinne in Flammen setzte. Denn aller Resignation zum Trotz glühte er ja heute noch nach »dem Weibe«, und zwar, weil sein Verhältnis zu den Frauen ein lediglich sinnliches war, gerade nach der Art von Frauen, die ihm den Laufpaß gegeben hatten, den zierlichen, schönen, eleganten, die in knisternder Seide und rauschendem Sammet einhergehn, Duft um sich verbreitend, deren kleine Füße man anbetet, während man ihr kleines Hirn verachtet.

Und nun diese Einladung! Diese geschwollene! Die ihm wie ein Hohn erschien, wie ein unausgesprochenes »die Schönen, Eleganten sind für dich nicht da, also komme zu uns, den Garstigen, Blaubestrumpften, zu denen du gehörst.«

»So? Zu euch gehörte ich: das wollen wir mal sehn –« und schon knirrte das Papier des Briefes zwischen den Händen, die ihn zerreißen wollten, als ein letzter Blick, fast zufällig, hineinfiel – da unten, am Fuß der letzten Seite – was stand da?

»Als Honorar für die Vorträge erlaubt sich die Direktion der Pension –« Donnerwetter! Hatte er wirklich richtig gelesen? Denen war es ernst mit der Sache; sie ließen es sich etwas kosten!

Er ging wieder im Zimmer auf und ab, jetzt aber nicht mehr wie ein erboster, sondern wie ein gesättigter Tintenfisch, wenigstens wie einer, der ein ganzes Nest voll Taschenkrebsen entdeckt hat, das reiche Sättigung verspricht.

Eine solche Summe! Ob er von Natur geldgierig war? Jedenfalls war er es mit der Zeit geworden. Von Hause aus ein armer Teufel, der so gut wie nichts einnahm, solange er »Dichter« gewesen war, hatte er angefangen, einzunehmen, sobald er zum »Schriftsteller« geworden war. Im Geldeinnehmen steckt ein gewisser wollüstiger Reiz; auf lüsterne Naturen, wie er im Grunde eine war, wirkt das verführerisch. Es war ihm zum Bedürfnis geworden, Geld, viel Geld zu bekommen. Und jetzt wollten ihm diese Blaustrümpfe das bezahlen! Seine Stimmung besänftigte sich; das Bild der Blaustrümpfe fing an, sich in seiner Vorstellung zu verändern; sie sahen nicht mehr so abschreckend aus wie zuvor. Von reichen Frauen geht auch so eine Art von Duft aus; Reichtum ist schon halb und halb Eleganz, und Eleganz schon halbe Schönheit. Nun gar, wenn Freigebigkeit hinzukommt! Er ließ noch einmal den Brief durch die Hand gleiten – Papier von der feinsten, besten Marke. Die Firma der Pension am Kopf – wie die, einer Fahne gleich, darüber prunkte. Ja, ja – in diesen Pensionen des Westens, wer weiß das nicht – sitzen ja reiche, elegante, schöne Weiber. Und das verlangte nach ihm!

Er gab seine nervöse Wanderung durch die Stube auf und trat an den Schreibtisch, auf dem eine im Entstehen begriffene kunstgeschichtliche Arbeit lag, ein Essay über die Malerei des Quattrocento. Das wäre eigentlich etwas zum Vortrag für die da gewesen. Mit einem spöttischen Schmunzeln sah er auf die Photographie von Botticellis »Frühling« herab, die neben seinem Manuskript lag. Diese spindeldürren Leiber, mit dem hysterischen Ausdruck in den Augen – so ungefähr, stellte er sich vor, mochten die da aussehn, die es sich so viel kosten ließen, ihn in ihrer Mitte zu haben. Ihm persönlich sagten ja die tizianischen Weiber zehntausendmal mehr zu, diese vollblütigen, mit den schlank gerundeten Gliedern. Auch gegen Rubens rosenbestreute Schneegebirge von blühendem Frauenfleisch hätte er nichts einzuwenden gehabt. Aber *»suum cuique«*, jedem das, was jedem zukommt – lachend schlug er mit der Hand auf das Papier; zu diesen da gehörten nun einmal die Spindelbeine. Und also, indem er sich wieder niedersetzte, um an seinem Essay weiterzuarbeiten, war sein Entschluß, die Einladung anzunehmen, gefaßt. Man konnte ja auch nicht wissen, ob sich in der reichen, eleganten Pension nicht vielleicht irgendeine tizianische oder rubenssche Schönheit barg.

Gleich aber sagte er nicht zu. Ein paar Tage lang sollten sie zappeln. Ein so gesuchter Mann muß sich auch wirklich suchen lassen. Also arbeitete er vorläufig, mit der sorgfältigen Gediegenheit, die alles kennzeichnete, was er schrieb, seinen Essay zu Ende, und dann, nach Ablauf mehrerer Tage, schrieb er auf den weitschweifig überquellenden Brief der Pensionsvorsteherin eine kurze, trockene Karte, worin er seine Bereitwilligkeit, auf ihren Antrag einzugehn, zu erkennen gab. Er nannte den Gegenstand, über den er vorzutragen gedachte, und der drei Abende in Anspruch nehmen würde. Zugleich bat er, ihm Tag und Stunde für den Beginn der Vorlesungen mitzuteilen.

Als diese Karte in der Pension eintraf, war es, als wenn daselbst ein großes, mit Überraschungen gefülltes Osterei aufgebrochen wäre. Die Pensionsvorsteherin, die sich im Besitz eines großen Erfolgs und zugleich eines kostbaren Autographs sah, jubelte laut auf. Ihre Damen, denen die Sache völlig überraschend kam, nahmen sie zwar nicht mit ganz der gleichen Begeisterung, aber jedenfalls als eine höchst amüsante Überraschung, als etwas auf, wovon man später, in der Provinz oder auf dem Lande, noch lange, vielleicht auch ein bißchen boshaft zu erzählen haben würde. Von der Pensionsinhaberin wurde angeordnet, daß nach der Vorlesung ein Abendessen im großen Stil stattfinden sollte, zu dem Peter Aichschnitzer natürlich als Ehrengast und Hauptperson eingeladen werden würde. Das war neues Öl in die bereits lichterloh brennende Erwartungsfreudigkeit der Damen; nicht nur einen mehr oder weniger langweiligen Vortrag würde man anzuhören haben, man würde den sonderbaren kleinen Kerl nachher auch noch als Menschen unter sich haben und in nächster Nähe kennen lernen. Wer weiß, was man da erleben mochte! Jedenfalls ein Gaudium! Und während so alles durcheinander wisperte, flüsterte, lachte und rumorte, war eine, die nicht mitlachte, die immer blasser, immer stiller wurde, gerade die, von der alles ausging, Iduna Schneideband.

Von dem Augenblick an, da die Karte gekommen war, lag es wie eine schwere, heiße Hand auf ihrem Herzen, halb Seligkeit, halb Bangen; ein Gefühl, als stände sie vor einer Schicksalsstunde. Natürlich hatte sie durch die Geistesfreundin erfahren, worüber er zu sprechen beabsichtigte, und daß er sich dies zum Thema gewählt hatte, Maler und die Malerei vor Raffael, das machte sie geradezu glücklich. In der ganzen Kunstgeschichte gab es keine Epoche, der sie sich mit ihrer innersten Natur so verwandt gefühlt hätte wie dieser. Diese Gerten-schlanken Gestalten, die wie gemalte Seelen aussahen, wie körperlose Gedanken, die Sinne, Fleisch und Blut ausgezogen haben; die auf Füßen wandelten, die wie Baum- und Blumenblätter aussahen, weil sie überhaupt nicht wandelten, sondern schwebten; diese Augen, die in verzehrender Sehnsucht schmachteten, oder in ekstatischer Wonne glühten, weil die jenseitige Welt sich darin spiegelte, während sie von der irdischen nichts wußten – das war für sie nicht eine Kunst-Epoche neben andern, sondern die Kunst überhaupt, das Urbild der Menschheit, wie sie am ersten Tage der Unbeflecktheit gewesen war, und am letzten Tage der letzten Vollendung wieder sein würde. Und über diese Zeit zu sprechen, hatte er sich vorgenommen! Also war sie auch ihm eine liebe, teuere, vielleicht, nein wahrscheinlich, die liebste von allen; der Seelenflug dieser Zeit, auch der Flug seiner eigenen Seele. Gott, Gott – es war wie ein Staunen in ihr über die Untrüglichkeit ihres Gefühls, das so richtig in ihm gedeutet hatte. Ein Staunen, und ein heißes Erzittern zugleich, denn die dunkle Hand da drinnen bei ihr, die anfänglich nur zögernd und ängstlich gestoßen hatte, fing an, zu drängen, zu drängen – wohin? Zu einem Ziele, von dem sie sich keine Rechenschaft gab, weil sie eigentlich nicht wußte, daß sie einen Leib hatte, und daß die Dinge auf Erden alle einen Leib haben, sondern weil ihr Inneres so ungefähr wie eine Wolke war, die alles umfließt und nichts umfaßt.

Über dem allen kam der große Tag heran. Bis zum Mittag behielt die Pension ihr gewohntes Aussehn. Nach dem Mittagessen fing die Pensionsinhaberin an, sich zu verändern; sie wurde unruhig. Die Damen bewahrten Ruhe noch bis zum Nachmittagstee, dann begann die Vorauswirkung des großen Abends sich auch bei ihnen geltend zu machen. Man trennte sich mit einem lächelnden »bis auf heut abend«, dann ging man, eine jede auf ihr Zimmer, um Toilette zu machen. Man ist schließlich nicht alle Abende mit einem berühmten Manne zusammen.

Etwa eine Stunde vor Beginn der Sitzung klopfte die Pensionsvorsteherin bei Iduna an, mit der sie sich über die Tischordnung beim Abendessen besprechen wollte. Sie hatte gemeint, daß sie sie mitten im Ankleiden treffen würde, und war überrascht, als sie die Freundin in ihrem schwarzen, hohen Kleide, so wie immer, am Tische vor einem Buche, mit ruhiger Aufmerksamkeit lesend, vorfand.

Allen Respekts unerachtet, den sie vor der Geistesfreundin empfand, der seit der neulichen Freigebigkeit noch erheblich gewachsen war, konnte sie eine leise andeutende Frage nicht unterdrücken, ob Iduna schon Toilette gemacht hätte.

»Aber ich bleibe doch natürlich so. Ich bin ja noch in Trauer.« Daß man auch ein schwarzes Gewand ein bißchen gefällig herrichten könne, die Bemerkung schwebte der Pensionsvorsteherin auf der Zunge. Aber die Bemerkung kam nicht heraus. Idunas Erklärung, daß sie »natürlich« so bliebe, schnitt alles weitere ab. Blieb also nur noch, festzustellen, wie man an der Abendtafel sitzen sollte. Wer sollte den berühmten Gast führen?

Halb erstaunt blickte Iduna auf:

»Aber natürlich Sie doch? Sie sind doch die Wirtin?« Wenn man so wollte – nun, vielleicht ja. Aber wer die eigentliche Gastgeberin sei, das brauchte sie doch nicht zu sagen.

Iduna erschrak beinah:

»Haben Sie unser Abkommen vergessen? Daß niemand es erfahren darf?«

Nein, nein, sie hatte nichts vergessen. Und also, wenn sie ihm den Arm durchaus nicht geben wollte, dann würde sie wenigstens an seiner anderen Seite sitzen?

»Unter keiner Bedingung!«

Die Geistesfreundin zeigte ein schier verdutztes Gesicht:

»Aber wenn man so alles für eine Sache getan hat, muß man doch auch etwas dafür haben?«

Iduna hatte sich vom Stuhl erhoben. Für gewöhnlich so gleichmäßig, vernünftig, erschien sie jetzt beinah aufgeregt.

»Kommen Sie,« sagte sie, »ich gehe mit Ihnen hinüber; da wollen wir die Plätze belegen.«

Die Pensionsvorsteherin nahm die Karten ihrer Damen, die sie mitgebracht und aus der Hand gelegt hatte, wieder auf; dann verfügten sich beide in den Speisesaal.

Unter den Damen befanden sich einige verheiratete Frauen. Eine von diesen, mit der er sich zur Not würde unterhalten können, wurde zur Linken Aichschnitzers gesetzt. An seiner Rechten sollte die Wirtin sitzen. Die übrigen Plätze wurden ohne große Wahl mit den Karten belegt. Endlich machte die Pensionsvorsteherin ganz verblüfft halt: am äußersten Ende der langen Tafel hatte Iduna für sich den Platz ersehn.

»Soweit ab – wollen Sie sitzen?«

Iduna aber hatte ihre Karte bereits auf das Glas vor dem Teller gelegt. Ohne ein Wort weiter zu verlieren, wandte sie sich ab und kehrte in ihr Zimmer zurück. Nachdenklich blieb die Freundin zurück und schaute hinter der Abgehenden, wie sie strack und steif dahinging, drein.

Immer so strack und gerade aufgerichtet, so verständig und verständlich – und nun mit einemmal so unverständlich! Denn wie sollte man sich's denn erklären, daß sie erst so leidenschaftlich danach verlangt hatte, den Mann hier zu haben, und jetzt, da er kam, so alles tat, von ihm abzurücken? Der Spürhund, der in jedem Fraueninnern lauert, sprang in ihr auf und nahm die Fährte der Freundin auf; kam da etwas? Deutete sich etwas an? Noch war ja nicht einmal zu Vermutungen Boden geschaffen, aber – aber – die runde

Brust hob sich in einem so tief aufrauschenden Seufzer erwartungsvoller Spannung, daß der lila Seiden-Moiré, der sich über der Brust
wölbte, leise krachte. Wenn es denkbar war, daß sich da etwas anbandelte – daß es sich bei ihr, in ihrer Pension anbandelte – welche
Reklame, welche Reklame für die Pension!

Auf acht Uhr war der Beginn der Vorlesung angesetzt – fünf Minuten vor acht erschien Herr Peter Aichschnitzer. Er hatte zugesagt
– wenn er einmal ja gesagt hatte, hielt er die Zusage pünktlich inne.

Seine Erwartung, daß er in eine elegante Versammlung kommen
würde, hatte ihn nicht getäuscht: ein glänzend erleuchteter, ge-
schmackvoll eingerichteter Salon, eine ganze Schar höchst anmutig
gekleideter Damen empfing ihn. In tadellosem Gesellschaftsanzuge
– Frack und weiße Binde – erschien er selbst, unter selbstbewußter
äußerer Sicherheit die Befangenheit verbergend, die ihn jedesmal
überkam, wenn er in einen Kreis von schönen Frauen trat. Dabei
machte sich die eigentümliche Erscheinung geltend, daß klein gewachsene Leute, wenn sie sich in seelischer Erregung befinden,
noch kleiner zu werden scheinen, als sie von Natur sind. Er sah
wirklich ganz winzig, beinah zwerghaft aus. Die Pensionsvorsteherin, die nun vollständig die Rolle der Hauswirtin übernommen
hatte, stellte ihn, weil die ganze Angelegenheit einen durchaus gesellschaftlichen Charakter tragen sollte, der Reihe nach vor.

Die Damen sahen auf ihn herunter, der kleine Mann zu ihnen auf,
mit einem eigentümlich scharfen, beinah verwirrenden Blick. Sobald die Vorstellung vorbei war, traten die Damen zueinander, mit
stummen Blicken des Einverständnisses, hinter den Fächern ein
kaum unterdrückbares Lächeln, vielleicht auch ein ganz, ganz leises
Flüstern verbergend. Die Sache fing an, wie man sich die Sache
gedacht hatte.

Nun ging es an die Vorlesung. Alles nahm rings herum Platz. In
der Mitte des Salons stand der Tisch, an dem der Vortragende sitzen sollte. Auf einen Wink Aichschnitzers wurde die braune Le-
dermappe hereingebracht, die er im Vorraum hatte liegen lassen; sie
enthielt sein Manuskript. Und indem er dieses jetzt mit einer gewissen feierlichen Umständlichkeit – mit zunehmender Berühmtheit
wuchs er in diese Art von Bewegungen förmlich hinein – der Mappe entnahm und auf den Tisch legte, sagte er mit der harten Stim-

me, die ihm eigen war, und die er durch Übung, so gut es ging, zur Klangfülle abgerundet hatte: »Ich lese den Damen aus dem Manuskript!«

Er hatte die Worte mit einer Betonung gesprochen, als verbände er damit einen ganz besonderen Sinn. So war es auch: indem er den Zuhörerinnen etwas noch Ungedrucktes vorlas, eine Arbeit, die er eigens für sie gemacht hatte, erwies er ihnen ja eine außerordentliche Ehre. Das erforderte von seiten des Auditoriums eine Anerkennung, eigentlich ein »Bravo« oder zum mindesten, wenn Applaus dem Orte nicht angemessen erschien, eine diskret abgetönte, aber vernehmbare Kundgebung des Dankes. Von dem allen jedoch erfolgte nichts. Die Damen waren offenbar viel zu unliterarisch, um die ihnen widerfahrende Ehre zu würdigen, sie blieben mäuschenstill. Peter Aichschnitzer ärgerte sich, verbarg seinen Ärger indessen unter einem unbeweglichen Gesicht. Im stillen stellte er für sich fest, daß er unter eine Schar von Banausen geraten war.

Er setzte sich an den Tisch, und nun trat ein zweiter fataler Moment ein. Indem er sich anschickte, aus dem Manuskript zu lesen, bemerkte er, daß er zu niedrig saß; er konnte die Arme nicht recht auf die Tischplatte bringen und die Blätter des Manuskripts nicht bequem umdrehn. Seine kleine, verwachsene Gestalt trug die Schuld. Nach einigen vergeblichen Versuchen stand er vom Stuhle auf und schickte einen nicht eben freundlichen Blick zur Wirtin hinüber, die, den anderen Damen breit vorgelagert, ihm gerade gegenüber saß.

»Einen anderen haben Sie nicht?« fragte er, indem er mit den Augen auf den Stuhl deutete.

Eigentlich hätte er sagen müssen »einen höheren«, aber das war ihm unangenehm. Statt seiner sagten es sich die Zuhörerinnen, wenn auch nicht laut, so doch mit stummen, untereinander sich kreuzenden Blicken. Sicherlich war es nicht hübsch, daß sie sich amüsierten, aber sie amüsierten sich.

Die Wirtin-Pensionsvorsteherin war in lichter Verzweiflung. An eine solche Möglichkeit hatte sie ja mit keinem Gedanken gedacht. Andere, höhere Stühle gab's in der Pension nicht. Also was tun? Sollte erstehend seinen Vortrag halten? Das wäre doch eine starke

Zumutung gewesen. Dazu hätte es auch eines Pultes bedurft, das man auf den Tisch setzte, und das hatte sie auch nicht.

Wahrend so die Verlegenheit immer mehr wuchs und sich in einem Räuspern, Hüsteln, Zischeln und Tuscheln kundgab, das von allen Seiten ertönte, als wenn sämtliche Zuhörerinnen mit einemmal den Schnupfen bekommen hatten, stand plötzlich – niemand hatte eigentlich gesehn, wie sie herangetreten war – eine schlanke, schwarz gekleidete Dame neben Peter Aichschnitzer, die ein Kissen in Händen hielt, das sie, ohne ein Wort zu sprechen, auf seinen Stuhl legte. Sie sah den kleinen Mann nicht an, machte nur eine stumme, sanfte Verbeugung, als wenn sie ihn auffordern wollte, sich auf das Kissen zu setzen; dann trat sie lautlos zurück.

Peter Aichschnitzer, der bis dahin, wenn auch gewaltsam, Ruhe bewahrt hatte, wurde bis in die Schläfen rot. Er mochte bemerkt haben, wie die Damen, um nicht laut herauszuplatzen, sich krampfhaft auf die Lippen bissen. Ohne zu danken, mit einer unwirschen Bewegung rückte er den Stuhl an den Tisch, dann nahm er Platz. Das Kissen tat seine Schuldigkeit; von dem erhöhten Sitze aus vermochte er das Manuskript zu handhaben. Darum, nachdem er seinen Ärger heruntergewürgt und sich wieder zur Ruhe gezwungen hatte, ging er mit seinem Vortrage los.

Der Vortrag war vortrefflich, belehrend und unterhaltend zugleich. Sobald der Mann sprach, war nichts mehr, worüber man hatte lachen können. Alle Nebengeräusche verstummten; die Damen wurden still, wurden aufmerksam. Vielleicht auch, daß sie sich etwas langweilten; er sprach über die Vorläufer Botticellis, hauptsächlich Fra Filippo Lippi, und der war den Damen des zwanzigsten Jahrhunderts schmählich gleichgültig. Indessen verstand er es, ihnen den alten Knaben menschlich näher zu bringen, indem er von seinen abenteuerlichen Lebensschicksalen, seinen Nonnenentführungen und von den unliebsamen Folgen erzählte, die solche Freibeutereien dem Künstler seiner Zeit bereitet hatten. Das verstand man, das war Würze, und die Folge davon war, daß, als er sein Manuskript zusammenklappte und für heute schloß, der Beifall, den er vorhin vermißt hatte, in einer allgemeinen Applaussalve losbrach. Er stand auf; alles erhob sich. Die Wirtin-Vorsteherin schwamm in Entzücken und richtete feucht verklärte Augen auf ihn. Die Damen scharten sich im Kreise und blickten staunend auf den kleinen Mann herab, der so bedeutend zu sprechen wußte, so ernsthaft und witzig geistreich zugleich. Dann trat die Pensionsinhaberin auf ihn zu, und mit einer so zierlichen Bewegung, als ihre rundliche Gestalt es zuließ, bat sie um die Ehre, von ihm zu Tische geführt zu werden. Plaudernd, girrend, durcheinander lachend, schlossen sich die Damen an; und wenige Minuten darauf saß die ganze Gesellschaft um die prächtig angerichtete Tafel gereiht.

Auf Peter Aichschnitzers Stuhl – niemand hatte bemerkt, wer es besorgt hatte – lag schon wieder das Kissen, das ihm vorhin so gute Dienste geleistet hatte. Er ließ es sich, ohne ein Wort darüber zu verlieren, gefallen, denn er konnte nun bequem an Teller, Gläser und Besteck gelangen; und so begann nun eine Abendmahlzeit, bei der sich alles, Peter Aichschnitzer nicht am wenigsten, äußerst wohl fühlte. Gutes Essen und Trinken wußte er außerordentlich zu würdigen, und Essen und Trinken war reichlich und gut. Ein Kranz von eleganten, hübschen, zum Teil sehr hübschen Damen umgab ihn. In ihrer Mitte saß er, ungefähr wie der Mandarinenknopf auf der Mandarinenmütze dem Mützenrund Wert, Bedeutung und Ansehn verleiht, als Ehrengast, als Hauptstück, Mittelpunkt der Gesellschaft, als ihr Alles. All die schönen Frauenaugen waren auf ihn gerichtet, all die niedlichen, rosigen Ohren lauschten seinen Worten. Er sprach eigentlich ganz allein. Wenn er bei guter Laune war, sprach er hinreißend unterhaltsam, und weil er bei guter Laune war und mit jedem Glase Wein in immer bessere geriet, unterhielt sich die Tafelrunde köstlich. Das Lachen der Damen rauschte wie Frühlingswind in jungem Laub. Einem Triumphator gleich, der von seinen Besiegten den Tribut einheimst, ließ Peter Aichschnitzer den Blick von einer zur anderen herumgehn, dabei gelangte er an das äußerste Ende der Tafel, und hier machte er unwillkürlich halt – er sah eine, die nicht mit lachte. Was sollte das heißen? War sie zu interesselos? So sah es nicht aus, denn mit unverwandten, beinah starren Augen blickte sie zu ihm herüber. Und lachte nicht; blieb völlig ernsthaft.

Wirklich? Wahrhaftig. Auch war sie anders gekleidet als die anderen; nicht wie diese in hellem, ausgeschnittenem, sondern in hoch hinaufgehendem, schwarzem Kleid, so daß ihre ganze Erscheinung dadurch, im Gegensatz zu jenen, etwas Kahles, Dürftiges, Unerfreuliches erhielt.

Nicht weil sie ihm gefallen hätte, sondern nur, weil diese Gedanken ihn beschäftigten, ließ Peter Aichschnitzer den Blick etwas länger auf der Ernsthaften, Schwarzen verweilen. Hatte er die nicht heut abend schon einmal gesehn? Jetzt fiel es ihm ein – das war ja die gewesen, die ihm vorhin das Kissen auf den Stuhl gelegt hatte. Die Erinnerung war ihm so ärgerlich, daß sein triumphales Gesicht sich unwillkürlich für einen Augenblick verfinsterte. Er hatte sie vorhin gar nicht angesehn, überhaupt gar nicht geglaubt, daß er es mit einer Dame der Gesellschaft zu tun hatte, sondern daß es irgendein dienstbarer Geist sei. So unscheinbar hatte sie ausgesehn, so demütig. Darum war es ihm auch nicht eingefallen, sich bei ihr zu bedanken – gegen Dienstboten war er immer unwirsch, dankte ihnen für Handreichungen nie. Und nun gehörte sie dennoch zu der Gesellschaft? Sonderbar. Er ließ den Blick von ihr hinweggehn und entschädigte sich für die momentane Verstimmung, indem er sich mit verdoppelter Energie den anderen, den Eleganten, Anmutigen widmete. Noch einmal aber im Verlauf des Abends, obwohl er sich eigentlich vorgenommen hatte, sie als nicht vorhanden zu betrachten, kehrte sein Blick, schier gegen seinen Willen, zu der Schwarzgekleideten zurück. Und richtig – ihre Augen hingen wieder mit dem starren, schweren Ausdruck, wie vorhin, an ihm. Was wollte die langweilige Person eigentlich? Er hatte soeben eine Bemerkung gemacht, die ein allgemeines Gelächter verursachte – wieder war sie die einzige, die keine Miene verzog und nicht mit lachte.

Als er jedoch mit diesem zweiten Rundblick um die Tafel fertig geworden war, näherte sich das Abendessen seinem Ende. Alles erhob sich. Man kehrte in den Salon zurück, nahm zur Zigarette noch eine kleine Tasse Kaffee, dann trat Peter Aichschnitzer auf die Wirtin zu und empfahl sich. Es wurde abgemacht, daß die nächste Vorlesung in acht Tagen stattfinden sollte. Die nochmaligen Dankeskundgebungen der rundlichen Dame ließ er mit dem Ausdruck eines Mannes, der an so etwas gewöhnt ist, über sich ergehn: eine kurze Kreisverbeugung gegen die versammelten Schönen, dann war er hinaus.

Einen Augenblick, nachdem der kleine, große Mann gegangen, blieb alles noch still; man wartete ab, bis daß er den Vorraum verlassen haben und außer Hörweite sein würde; dann brach der Widerhall des ganzen Abends in einem stürmischen Durcheinanderschwirren der Damenstimmen heraus.

»Ein merkwürdiger Mensch! In gewissem Sinne ja eigentlich ein bedeutender. Aber doch ein sonderbarer. Ja eigentlich ein komischer, komischer Mensch!«

Von dem Vortrage war nicht mehr viel die Rede; aller Erinnerungen hafteten an dem Abendessen und an der Art, wie er sich dabei gegeben hatte.

Wie er fortwährend mit den Blicken die Tafelrunde abpatrouilliert hatte, um die Wirkung seiner Worte zu beobachten! Wie er den Damen in die Augen gesehn hatte, einer nach der anderen; als wenn er bei jeder hätte anklopfen und anfragen wollen: »Ob ich bei dir wohl Einlaß finden würde, wenn –« solch ein drolliger kleiner Kerl, der sich auf ein Kissen setzen mußte, um nur auf den Tisch langen zu können, und dabei so hinter den Frauen her! Man wollte sich ausschütten vor Lachen. Endlich aber kam auch das zur Ruhe; der Abend war nun wirklich zu Ende. Man sah, daß es Zeit war, sich zurückzuziehn, und mit einem allgemeinen »Fortsetzung in acht Tagen« stob alles auseinander.

Im Laufe des nächsten Vormittags suchte die Pensionsvorsteherin ihre Freundin auf, mit der sie gestern abend, durch Hausfrauenpflichten in Anspruch genommen, nicht mehr hatte sprechen können. Fräulein Iduna sah blaß, noch blasser als gewöhnlich aus, als wenn sie zur Nacht nicht gut geschlafen hätte.

»Ich komme, mich bei Ihnen zu bedanken,« eröffnete die Eintretende das Gespräch, indem sie sich mit einer gewissen Feierlichkeit der andern gegenüber setzte.

Iduna blickte auf.

»Wofür?«

Die Pensionsvorsteherin griff nach ihrer Hand.

»Daß Sie es gewesen sind, deren Anregung wir den unvergeßlichen Genuß verdanken, das brauche ich Ihnen nicht zu wiederholen. Aber für das, was Sie gestern abend getan, habe ich Ihnen noch nicht gedankt, und das tue ich hiermit« – sie drückte die Hand der Geistesfreundin, die sie nicht losgelassen hatte – »tue es aus ganzem, vollem Herzen.«

Iduna blickte so abwesend vor sich hin, daß man ihr ansah, wie sie offenbar noch immer nicht verstand.

»Wie Sie mir, und uns allen, und nicht am wenigsten dem herrlichen Manne selbst aus der entsetzlichen Verlegenheit geholfen haben, indem Sie ihm das Kissen auf den Stuhl gelegt haben. Und wie Sie das gemacht haben! Mit solcher zarten Rücksicht! Mir sind die Tränen in die Augen gekommen.«

Nicht nur mit einer, mit beiden Händen hielt sie jetzt Idunas Hand gefaßt.

»Und nachher, als wir zum Souper gingen – ich muß es ja gestehn, ich hatte wieder nicht daran gedacht – das sind doch natürlich auch wieder Sie gewesen, die ihm das Kissen gebracht hat, ohne daß es jemand gesehn hat. Nein wissen Sie – ich muß Ihnen sagen – «

Sie wollte sich noch weiter ergießen; Iduna aber entzog ihr die Hand und schnitt dadurch fernere Bemerkungen ab. Sie rückte sich vom Tische ab, an dem sie saß; dann blickte sie stumm, mit dem Ausdruck tiefen Kummers vor sich hin.

»Was das für eine Existenz sein muß!« sagte sie nach einiger Zeit, wie im Selbstgespräch, und so leise, daß die andere es kaum verstand.

»Solch ein Mißverhältnis durchs Leben schleppen zu müssen,« fuhr sie fort, als sie den fragenden Blick der Geistesfreundin bemerkte.

»Ein so prachtvoller Geist, und durch seine äußere Erscheinung dem Gespött aller Oberflächlichen preisgegeben! Hat er Ihnen denn nicht auch namenlos leid getan?«

Die Pensionsvorsteherin wußte im ersten Augenblick gar nicht, was sie auf die Frage erwidern sollte; so verblüfft war sie. Nicht einen Moment hatte sie gestern das Gefühl gehabt, daß der kleine Mann des Mitleids bedürfte.

»Aber – beim Abendessen,« wagte sie sich schüchtern heraus, »hatte ich die Empfindung, als ob er sich ganz wohlfühlte?«

»Gerade da hat er mir am allermeisten leid getan!«

Iduna stieß es laut, beinah vorwurfsvoll klagend hervor.

»Das müssen Sie doch gemerkt haben, daß all seine scheinbare Lustigkeit nichts anderes als, was man so nennt, Galgenhumor war? Damit die Menschen nicht Zeit behalten, über ihn zu lachen, wirft er ihnen irgend etwas hin, worüber sie sich ausschütten können. Es ist grausam. Es ist wirklich grausam.«

Abermals trat ein Schweigen ein, weil die Geistesfreundin abermals nicht wußte, was sie zu dem allen sagen sollte. Eine solche Auffassung – sie hatte das deutliche Gefühl, daß die Auffassung absolut falsch war, trotzdem, indem sie in das vom Kummer wahrhaft veredelte Gesicht des Mädchens sah, war sie doch feinfühlig genug, um sich zu gestehn, daß nur eine wirklich vornehme Natur zu einem solchen Irrtum gelangen konnte.

»Als er Sie ansah,« sagte sie endlich kleinlaut, »das habe ich wohl bemerkt, da wurde er freilich ganz ernsthaft.«

Iduna neigte mit kaum wahrnehmbarer Bewegung das Haupt. Sie erwiderte nichts, aber eine heiße Röte ging jählings über ihr Gesicht.

Als die andere dies stumme Erglühen wahrnahm, sprang wieder der Spürhund in ihr auf. Wie in einer plötzlichen Eingebung griff sie nach Idunas schmaler, weißer Hand:

»Wissen Sie was? Damit dem Mann das Leben möglich gemacht wird, müßte jemand sein, der für ihn sorgt.«

Sie drückte die langen, zarten Finger, die sie in ihrer fleischigen Hand hielt, als wenn sie fragen wollte: »Verstehst du mich?«

Iduna gab kein Zeichen, daß es sich so verhielt.

Nun schwoll die rundliche Dame vor Aufregung förmlich an:

»Fräulein Iduna – Fräulein von Schneideband –« ihre Finger zermalmten fast die gefangen gehaltene Hand – »Sie haben gestern schon gezeigt, wie Sie für den Mann zu sorgen wissen. Das kommt daher, daß Sie den Mann verstehn, wie auf Gottes weiter Welt ihn kein Mensch sonst versteht, so wundervoll, so großartig. Fräulein Iduna, Sie – –«

Weiter kam sie nicht. Mit einer zuckenden Bewegung hatte sich Iduna von den umklammernden Händen losgerissen, dann sprang sie auf. All ihre gewohnte Gleichmäßigkeit war dahin. Ohne ein Wort, aber unter schwerem, beinah stürmischem Atemholen durchmaß sie das Zimmer. Ihre ganze, für gewöhnlich so engbrüstige Gestalt weitete sich, als wenn ein Sturm in ihrem Innern angeblasen worden wäre, der ihre Persönlichkeit aus den Fugen trieb. Den Kopf herum werfend, bedeutete sie die Freundin, daß sie nichts weiter hören wollte, daß jene nichts weiter sagen sollte. Und weil sie denn nichts weiter sagen sollte, zog sich die Pensionsvorsteherin für diesmal zurück.

Für diesmal – denn von nun an stand es für sie fest, daß der Vorgang, den sie da eben mit angesehen hatte, nicht ein Ende, sondern den Anfang zu großen Dingen bedeutete. Eine Frau, die bei so halben Andeutungen, wie sie sie gemacht hatte, in solchen Aufruhr geriet, die stand nicht mehr auf festem Grund und Boden, die war im Strom, im treibenden Strom. Der Spürhund in ihrem Innern hatte die Fährte richtig aufgenommen, jetzt hieß es, klug aber energisch der Fährte nachgehn, energisch, damit aus der Jagd etwas wurde. Von solchen Gedanken derartig übermannt, daß ihr der Kopf ganz schwer davon wurde, begab sie sich auf ihr Zimmer, riegelte die Tür hinter sich zu und versank in eine geheimnisvolle Tätigkeit.

Zwei Tage später ging bei »Herrn Professor Peter Aichschnitzer« ein Brief ein, der aus der Pension kam, wie der erste, auch von der nämlichen Hand geschrieben zu sein schien wie dieser, merkwürdigerweise aber keine Unterschrift trug.

Merkwürdig jedoch, daß der Brief nicht unterschrieben war, erschien es dem Empfänger nur im ersten Augenblick; nachdem er das Schreiben durchgelesen hatte, wurde es ihm so ziemlich begreiflich. Das was er las, war folgendes:

»Noch ganz benommen vom Eindruck des neulichen, unvergeßlichen Abends, blickt die gesamte Pension mit stumm begeistertem Dank auf den großen Mann, der ihr einen so wunderbaren Genuß bereitet hat. Der Gedanke, daß uns der berühmte Mann auch fernerhin noch aus dem Füllhorn seines Geistes spenden will, läßt unsere Gemüter in erwartungsvoller Spannung erzittern.

Herrlicher Mann, was sind Sie reich!

Wenn doch aber die Augen, die so durchdringend in die Vergangenheit zu sehn wissen, ebenso scharf für die gegenwärtigen Dinge wären! Wenn Sie die Menschen, die Sie heut umgeben, so klar durchschauten, wie die Menschen aus dem fünfzehnten Jahrhundert, dann würden Sie bald erfahren, daß Sie noch reicher werden könnten, als Sie schon sind.

Alle verehren Sie, aber unter ihnen sind einige, die Sie noch mehr verehren als die anderen. Sollte ein Geist wie der Ihrige nicht imstande sein, diese eine – denn wenn ich von einigen spreche, so spreche ich in Wahrheit nur von einer – herauszufinden? Sollte er nicht wissen, daß anbetende Verehrung sich immer schüchtern verbirgt? Daß die schönsten Seelen manchmal das unscheinbarste Gewand tragen? Sollte er die stumme Huldigung nicht bemerkt haben, die ihm Handreichungen darbrachte, wie wir sie von einer Dienstmagd gewöhnt sind? Während es keineswegs eine Dienstmagd, sondern etwas ganz, aber ganz etwas anderes war. Ich schließe, ich sage nichts mehr, weil es einen so mächtigen Geist beleidigen hieße, wenn ich ihm noch mehr sagte. Ich weiß, daß der große Mann mich versteht, wenn er verstehen will. Und er wird wollen – o großer Mann – ja, nicht wahr?«

Als Peter Aichschnitzer mit dem Briefe zu Ende gekommen war, erdröhnte das für gewöhnlich so lautlose Tintenfisch-Gelaß von einem wiehernden Gelächter. Er krümmte sich förmlich auf seinem Sessel. Aus der Zeit, als er noch auf Bälle gegangen war, kam ihm ein Tanz in Erinnerung, bei dem die Rollen vertauscht wurden, wo die Damen die Herren aufforderten, statt diese jene. Wie hieß er gleich? Richtig – Null-Polka. Mit einem Satze war er vom Stuhle auf, und indem er sich wie ein Schuhplattler auf die Lenden schlug, hüpfte er im Zimmer umher. »Null-Polka! Null-Polka!« schrie er dazu wie ein Besessener. Dann aber plötzlich halt – er wurde nachdenklich:

Wie, wenn die ganze Geschichte eine Attrappe war? Eine Falle, von einer, oder einigen der »hübschen Kanaillen« gelegt, denen er neulich beim Abendessen so eindringlich in die Augen gesehn hatte, und die ihn, zur Strafe dafür, aufsitzen lassen wollten? Solchen Frauenzimmern ist ja alles zuzutrauen.

Noch einmal las er den Brief durch. Aber nein – so abgeschmackt er war, echt war er zweifellos. Von einem Blaustrumpf geschrieben, der ihm einen anderen Blaustrumpf empfahl. Zum Heiraten? Es klang wahrhaftig so. Und noch einmal erdröhnte das schweigsame Gelaß von wieherndem Gelächter. Diese andere – brauchte er nach ihr zu suchen? Diese »schöne Seele im unscheinbaren Gewand«, die ihm »Handreichungen dargebracht hatte, wie wir sie von einer Dienstmagd gewöhnt sind«.

Nun ja, wie ein Dienstbote hatte sie ja wirklich ausgesehn, in ihrem garstigen, schwarzen Kleid. Ob sie es etwa gar selbst war, die den Brief geschrieben hatte? Kaum anzunehmen; die Handschrift war die der neulichen Einladung, und die war doch wohl von der Pensionsvorsteherin ausgegangen. Immerhin – wenn er zur zweiten Vorlesung kam, und das stand ja nah bevor, wollte er sich »die Schwarze« darauf etwas genauer ansehn. Wenn sie die Verfasserin des Schreibens war, so würde sie unter seinem Blick erröten; dann würde er wissen, woran er war.

Pünktlich wie zur ersten, erschien denn also Herr Peter Aichschnitzer wenige Tage nach diesem zur zweiten Vorlesung in der Pension. Peinlich korrekt im Anzuge wie neulich, von den Damen empfangen wie neulich – alles eine getreue Wiederholung des ersten Abends. Sein unbewegtes Gesicht verriet mit keinem Zuge, was für Mitteilungen ihm aus dem Kreise zugegangen waren, vor dem er sich mit schier demonstrativer Gemessenheit verneigte. Langsam aber, indem er das Haupt aus der Verbeugung aufrichtete, ließ er den Blick umhergehn, langsam und forschend. Ganz im Hintergrunde, als wenn sie sich hinter den glänzenden Gestalten der anderen Damen verstecken wollte, stand die, nach der er suchte, »die schöne Seele im schwarzen, unscheinbaren Gewand«. Wie sie so hoch aufgerichtet stand, konnte er sich, obschon sie ihm heute kaum besser gefiel als neulich, nicht verhehlen, daß sie eigentlich von schöner Gestalt war. Prüfend ließ er den Blick auf ihr ruhn; und weil sein Auge, wenn es beobachtend einen Gegenstand ergriff, einen bohrenden, fast stechenden Ausdruck bekam, mochte es geschehn, daß die Schwarzgekleidete unter seinem Blick, wie unter einem Stiche, leicht aufzuckte.

»Hysterisch«, stellte er schweigend für sich fest, als er das bemerkte; zugleich aber sagte er sich, daß diese da den Brief nicht geschrieben, wohl überhaupt keine Ahnung von dem Briefe hatte. Ihr Gesicht war ohne Schuldbewußtsein. Dagegen sah er, was er bisher nicht wahrgenommen hatte, wie die Pensionsvorsteherin, die sich geflissentlich am Vortragstische zu tun machte, um seiner Beobachtung zu entgehn, rot wie eine Päonie erglühte.

Hinter den geschlossenen Lippen verkniff er ein Lächeln – nun wußte er Bescheid.

Heute brauchte das Kissen nicht erst auf seinen Stuhl gelegt zu werden, es lag schon da. Sogar ein Glas Zuckerwasser, das am ersten Abend gefehlt hatte, stand auf dem Tisch. Er setzte sich; alles setzte sich; die Vorlesung konnte beginnen; sie begann.

Der heutige Vortrag galt Botticelli, dessen Werke er durch Photographien erläuterte, die er mitgebracht hatte. Der Persönlichkeit des Künstlers entsprechend, war der Vortrag noch ergiebiger, als der neuliche. Indem er von Botticelli sprach, mußte er auch Savonarola's gedenken, und die Art, wie er das machte, wie er die Bewegung, die ganz Florenz, Künstler und Nicht-Künstler mit sich fortriß, zur Anschauung brachte, war geradezu glänzend. Heute langweilte sich von den Zuhörerinnen keine, auch die banauseste nicht, und als der Vortragende schließlich, wie ein Konfekt nach wuchtiger Mahlzeit, ein Buch hervorholte, Gobineaus Renaissance, und daraus einige der geistsprühenden Szenen zum besten gab, die die Vorgänge in Florenz unter Savonarolas Einwirkung behandeln, war der Erfolg ein durchschlagender. Alles erhob sich, als Peter Aichschnitzer sein Manuskript zuklappte, mit einem Getöse; die Pensionsmutter leuchtete ihn wieder mit feuchten Augen an, und die Damen wollten sich krank lachen.

Als man zur Tafel schritt, kam ihnen aus dem Speisezimmer, wo sie wahrscheinlich wieder das Kissen für ihn auf den Stuhl gelegt hatte, die Schwarzgekleidete entgegen. Mit einem Ruck blieb die Pensionsvorsteherin, die an Aichschnitzers Arm ging, stehn: »Ich weiß wirklich nicht«, sagte sie, »habe ich Sie eigentlich mit Fräulein von Schneideband bekannt gemacht?« Iduna war gleichfalls stehn geblieben; indem Aichschnitzer sich vor ihr verneigte, streckte sie – beinah wie eine unwillkürliche Bewegung sah es aus – ihre Hand nach ihm aus:

»Wir – müssen Ihnen – wirklich sehr, sehr dankbar sein.«

Stockend, wie von der Erregung zerstückt, kamen ihre Worte heraus; dazu ging wieder das Zucken durch ihre Gestalt, das ihm vorhin so hysterisch erschienen war. Indem er, der Höflichkeit gehorchend, ihre dargebotene Hand ergriff, fühlte er, daß diese eiskalt war. Kalte Hände waren ihm unangenehm. Ohne ein Wort hervorzubringen, verneigte er sich nochmals; dann betrat er, am Arme der Pensionsmutter, den Speisesaal; man setzte sich, und im nächsten Augenblick rauschten die Wogen des lustigen Geplauders über den Tisch und rings herum.

Heute brauchte Peter Aichschnitzer sich keine solche Mühe zu geben, um die Tafelrunde in Stimmung zu bringen. Die Damen waren noch so erfüllt von den humorvollen Szenen, die sie eben mit angehört hatten, daß sie sich die Einzelheiten daraus gegenseitig, unter sprudelndem Lachen wiederholten. Den einen hatten die Florentiner Gassenjungen besonders gefallen, die den geputzten Fräuleins den Kopfputz und den Sammet vom Leibe reißen, damit sie fromm werden, den anderen der unselige Gelehrte, den seine Köchin von der Arbeit aufscheucht und zu Bruder Geronimo Savonarola in die Kirche treibt, allen aber die beiden Kaufleute, die in der heimlichen Stube hinterm Laden sitzen und sich Leckerbissen schmecken lassen, von denen der gestrenge Bußprediger nichts wissen darf. Während er dem fröhlichen Geschnatter zuhörte und sich höchstens hier und da einmal auf ein bewunderndes »und wie Sie das gelesen haben!« das ihm über den Tisch zugerufen wurde, höflich geschmeichelt zu verneigen brauchte, behielt Peter Aichschnitzer Zeit für seine Gedanken. Es war also richtig – diese da war's, die sich für ihn interessierte. Interessierte? Eine Frau, deren Hand so zuckt, wie die ihrige gezuckt hatte, als er sie berührte, interessiert sich wohl nicht nur, die verehrt. Unwillkürlich ließ er den Blick zu ihr wandern. Wie neulich, saß sie am äußersten Ende; wie neulich, starr und steif, und bleiern ernsthaft, während alles lachte. Es wäre ihm ja viel lieber gewesen, wenn eine von den hübschen, eleganten Lachkatzen da Feuer an ihm gefangen hätte. Denn sie gefiel ihm auch heute nicht. Vorhin, als sie ihm entgegengetreten war, hatte sie ihm einen Eindruck erweckt, als wenn ein großer, schwarzer Vogel auf ihn zugeflogen käme. Es hatte wahrhaftig ausgesehn, als wenn ein Wind sie vor sich her und auf ihn zu trieb. Auch an ihre kalten Hände mußte er denken. Aber – kalte Hände, heißes Herz – das alles waren doch immerhin Zeichen, was für eine Wirkung er auf sie ausübte. So ganz gleichgültig geht man an so etwas doch nicht vorbei, namentlich wenn man so nach Anerkennung hungert, wie Herr Peter Aichschnitzer hinter seinem immer gleichgültigen Gesicht danach hungerte. Seine Augen gingen noch einmal zu ihr hin; seine Augen, die je nach der Stimmung seines Innern bald wie fressendes Feuer, bald wie schneidendes Glas aussahen. Wie sie da saß, den Oberleib im hohen, schwarzen Kleide so steil aufgereckt, unter schweren Atemzügen, die sie zurückdrängen wollte und doch nicht bändigen konnte, als wenn eine Glut in ihr wäre, unter der sie verdampfte! Nicht Sympathie, nicht irgendwelches wärmere Gefühl ließ ihn zu ihr hinblicken, sondern ein kaltes, beinah grausames Gelüsten. Er beobachtete; mit der uninteressierten Geruhsamkeit des kritischen Schriftstellers, der so etwas vielleicht einmal brauchen kann, beobachtete er, wie das aussieht, wenn ein Weib sich am Marterpfahl der Verliebtheit windet. Und er war es, der diese Qualen erweckte. Eigentlich komisch – und doch – Donnerwetter –

Mit der unzerstörbaren Gleichgültigkeit im Gesicht, als wenn er sie bäte, ihm das Salz oder den Pfeffer näher zu rücken, wandte er sich an seine Nachbarin zur Rechten:

»Fräulein Schneideband? Habe ich vorhin richtig verstanden?«

Ganz leise hatte er gefragt; auf die Pensionsmutter wirkte der leise Ton wie ein Donnerschlag. Sie fuhr herum:

»Schneideband! Iduna von Schneideband!«

»Fräulein?«

»Fräulein!« Verhalten, aber wie ein verhaltenes Jauchzen kam das heraus.

Peter Aichschnitzer wandte sich ab und blickte nach der anderen Seite. Iduna – was für ein abgeschmackter Name! Er stellte für sich fest, daß der Mensch immer seinem Namen, und der Name dem

Menschen ähnlich sieht. Dann, weil er bemerkte, daß nicht mehr so laut gelacht wurde, wie bisher, packte ihn das Bedürfnis, wieder Stimmung in die Gesellschaft zu bringen. Mit aller Geschwindigkeit ließ er ein paar witzige Bemerkungen über den Tisch flattern, denen sofort ein allgemeines Gelächter den Widerhall gab. Gesättigt an Speise und Trank, gesättigt vom Erfolg, mit dem Bewußtsein, daß er heut abend wieder einmal viel erreicht hatte, und daß vielleicht noch Größeres in Aussicht stand, gab er der Wirtin zu verstehn, daß es Zeit sei, die Tafel aufzuheben, denn er fühlte sich schon so gut wie als Herr des Hauses; und alsdann, nach Kaffee und Zigarette, verabschiedete er sich, wie das vorige Mal, indem die dritte Vorlesung auf heut in acht Tagen festgesetzt wurde.

Ganz so ruhig wie das vorige Mal aber ging er heute nicht nach Haus. Trotz allem und allem ging der Gedanke an die »Schwarze« mit ihm mit. Noch war es ein Gedanke ohne festere Gestalt. In den nächsten Tagen aber geschah es, daß er sich öfter im Spiegel beschaute als gewöhnlich, sein ohnehin sorgfältig gehaltenes Haar noch sorgfältiger scheitelte als gewöhnlich, und dabei feststellte, daß es üppig und noch nicht im mindesten angegraut war.

Drei Tage nach diesem ging dann wieder ein Brief aus der Pension ein, wieder von der nämlichen Hand wie der vorige, und als er diesmal das Schreiben erbrach, geschah es ohne Lachen. Der Inhalt des Briefes, dem abermals die Unterschrift fehlte, lautete folgendermaßen:

»Fräulein, Fräulein, Fräulein ist sie! Dazu vornehm, von Adel! Dazu reich, und freigebig, freigebig über alle Maßen! Daß die Pension sich dazu aufschwingen konnte, den großen Mann zu Vorträgen zu gewinnen, soll ich Ihnen sagen, wessen Werk und Verdienst es war? Aber nein. Diskretion ist mir aufgetragen, Diskretion ist heilig.

Großer Mann, was haben Sie angerichtet?! Feuer, Feuer, Feuer haben Sie gestiftet! In dem Feuer verbrennt eine arme Seele. Ist es möglich, daß ein großer Mann grausam sein kann? Eine Seele, die anders ist als alle, als alle! Die die äußere Erscheinung nicht sieht, sondern nur den Geist, den Geist, den Geist! Ich schließe. Ich sage nichts mehr. Der große Geist versteht mich, wenn er verstehen will. Wird er wollen? O großer Geist – ja, nicht wahr?«

Diesmal blieb, nachdem Peter Aichschnitzer den Brief gelesen hatte, im Tintenfisch-Gelaß alles still. Kein Lachen, wie nach dem ersten Briefe, wieherte auf. Lächerlich war ja dieser Brief natürlich ganz wie der andere, abgeschmackt durch und durch. Dazu standen Dinge dann, von denen die Verfasserin in ihrer Dummheit wahrscheinlich gar nicht gewußt hatte, wie sie den Empfänger ärgern würden: »Eine Seele, die die äußere Erscheinung nicht sieht, sondern nur den Geist.« Wütend stand Peter Aichschnitzer vom Stuhle auf, und in schweigendem Grimm durchmaß er die Stube. Natürlich – die anderen, die hübschen, eleganten, nach denen ihn verlangte, die sahen die äußere Erscheinung, sahen, daß er ein kleiner, verwachsener Kerl war, darum mochten sie ihn nicht. Und diejenige, die nur seinen Geist sah, und sich in seinen Geist verliebt hatte, aus der machte er sich nichts. Teufeldonnerelement! Trotzalledem, seit er das Zeugs da gelesen, nistete sich ein Gedanke bei ihm ein, an den er früher kaum je gedacht hatte: heiraten.

Kaum je gedacht, weil er sich gesagt hatte, daß er solch eine, wie er sie gern gehabt hätte, doch nie bekommen würde.

Und jetzt konnte er eine bekommen. Wie auf dem Präsentierbrett wurde sie ihm angeboten.

Freilich keine von jener Art. Aber immerhin – sollte er warten? Wenn's auch nur ein Sperling war – sollte er warten, bis die Taube vom Dach ihm in den Mund geflogen kam? Da hätte er lange warten können. Und wenn er von der Sorte nun einmal keine bekam, sollte er darum unverheiratet bleiben sein Leben lang? Von Hause aus ohne Vermögen, war er darauf angewiesen, sich sein Leben zu verdienen. Er arbeitete ja gern, verdiente viel. Aber wer gab ihm die Gewähr, daß seine Kraft nicht einmal nachlassen würde? Außerdem war es ja doch eigentlich die reine Schinderei, ein Arbeiten von früh bis spät, ohne Aufhören, ohne Absetzen. In seiner versonnenen Stubenwanderung machte er halt; beide Arme, den ganzen Körper reckte er aus – sich einmal ausruhen, einmal rekeln dürfen auf dem Geld, das eine reiche Frau ihm mitbrachte – ah – Und Geld hatte sie ja, so stand's in dem Brief. Das Honorar für die Vorlesungen hatte sie hergegeben. Ein unangenehmes Lächeln ging über sein Gesicht: als wenn sie sich seine Gunst hatte erkaufen wollen, so beinah kam es heraus. Und an diesen Gedanken schlossen sich andere, die ebensowenig hübsch waren wie der erste: bei allen anderen hätte er betteln müssen – hier wurde bei ihm gebettelt, er war der Gebende. Geradezu eine Gnade und Barmherzigkeit, wenn er, der kleine, unansehnliche Kerl darein willigte, daß ein vornehmes, adliges, reiches Mädchen seine Frau würde. Er lachte vor sich hin – eigentlich schade, daß er keine Romane mehr schrieb; das wäre ja ein Stoff für einen urkomischen Roman gewesen! Eine Frau, die man auf die Weise zur Frau bekommt – na – da bleibt man Herr im Hause, kann über sie verfügen, ungefähr wie über eine Magd. Dazu hatte sie ja auch Talent. Hatte er sie nicht für eine Dienstmagd gehalten, damals, als sie so demütig mit dem Kissen in Händen vor ihm gestanden hatte?

Also war das Ende vom Liede, daß er beschloß, sich »die Betreffende« bei der nächsten Vorlesung doch einmal etwas genauer anzusehn. Warum sollte er nicht? Die ganze Geschichte war ja doch nur ein Spaß. Gefahr, daß er sich verliebte? Lächerlich, so etwas nur zu denken. Aber vielleicht Gefahr für »die Betreffende«, daß sie seine Beobachtung als Interesse auffaßte und sich immer toller verliebte? Ihre Sache und ihre Schuld. Für ihn war die Sache ein rein akademisch-psychologisches Studium; Wissenschaft kennt keine Rücksichten.

Merkwürdig aber, daß es von diesem Augenblick an mit seiner akademischen Ruhe zu Ende war. Er fing wirklich an, mit dem Gedanken des Heiratens sich zu beschäftigen, und Heiraten, auch wenn man's so »vernünftig« nimmt, wie er es nahm, ist doch immerhin eine ernsthafte Angelegenheit. Zum erstenmal im Leben wurde es ihm in dem stillen Tintenfisch-Gelaß zu still und zu eng. Er brauchte irgend jemanden, um mit ihm zu sprechen.

Einen Tag nach diesem, um die Besuchsstunde, klingelte es an der Pension; Herr Peter Aichschnitzer kam, der Vorsteherin seine Aufwartung zu machen.

Die halbe Stunde, die die beiden nun im Kabinett der Pensionsmutter zubrachten, war eine von jenen drolligen, wo zwei Menschen sich gegenübersitzen, sich eine Menge Dinge, und in Wahrheit gar nichts sagen, weil sie von dem nicht sprechen, wovon einzig und allein sie sprechen möchten.

Wie hatten sie denn auch von den Briefen sprechen können!

Ob er die Briefe gelesen hatte? Zweifellos.

Ob er ihretwegen kam? Wahrscheinlich.

Zwar erwähnte er sie nicht. Aber daß er überhaupt kam, war doch schon etwas, schon viel. Was würde er denn nun vorbringen?

Wenn er nur selbst gewußt hätte, was er vorbringen sollte. Aber der sonst so selbstgewisse Mann war geradezu verlegen.

Sondieren – das war so der allgemeine Vorsatz gewesen, mit dem er gekommen war. Er merkte, daß es schwerer war, als er es sich gedacht hatte.

Je verlegener er jedoch wurde, um so stillvergnügter wurde die Pensionsmutter. Die Briefe hatten gewirkt; kein Zweifel.

Plötzlich fiel ihr ein:

»Ob der Herr Professor nicht auch den anderen Damen seine Aufwartung machen möchte?«

»O die – bei dem schönen Wetter heute – würden doch wohl ausgegangen sein.«

»Viele jedenfalls; aber einige gingen wenig aus.«

Und nun gab sie sich einen Stoß.

»Zum Beispiel Fräulein von Schneideband, die sitzt eigentlich den ganzen Tag über ihren Büchern.«

Auf diese Äußerung erfolgte keine Antwort, nur ein Blick. Seinem Blick begegnete der ihrige. Beide Menschen verstanden sich.

»Das ist die Dame –« eigentlich war es nur eine Verlegenheitsphrase, wenn er so fragte – »in Schwarz, der Sie mich neulich vorstellten?«

Die Dame in Schwarz, die war es. Und nun, nachdem das Gespräch sich bis dahin stockend fortbewegt hatte, strömte die Pensionsmutter plötzlich über. Den Grund, warum Iduna in Schwarz ging, ihre ganze Lebensgeschichte bekam Peter Aichschnitzer zu hören, so daß er in kürzester Zeit über alle ihre Verhältnisse auf das gründlichste unterrichtet war.

Das was er erfuhr, war eigentlich nur die Bestätigung dessen, was er sich so im stillen selbst gedacht hatte. Bestätigung und genauere

Ausführung. Eines war ihm neu: das Mädchen war schon umworben worden. In der Einfalt ihres vertrauensvollen Herzens hatte Iduna der Geistesfreundin alles erzählt: ein Gutsnachbar, ein mit allen körperlichen Vorzügen ausgestatteter junger Mann, als Reiter und Sportsmann in der Gegend beinah berühmt, hatte um ihre Hand angehalten.

»Und – sie – ?«

»Hat ihm einen Korb gegeben.«

Beinah triumphierend stieß die Pensionsmutter dies auf Peter Aichschnitzers halbe Frage heraus.

»Weil sie nicht das Äußere sieht,« fügte sie mit einem vieldeutigen Augenaufschlag hinzu, »sondern nur den Geist!«

Nach diesem Worte, das ihm ungefähr wie eine Melone in Pfeffer schmeckte, erhob sich Peter Aichschnitzer. Gleichzeitig fuhr die rundliche Dame vom Sessel auf. Rot wie eine Päonie stand sie vor ihm:

»Herr Professor!« sagte sie mit einem Seufzer, der den runden Busen zur Kugel anschwellen ließ, »o Gott, Herr Professor –« dabei streckte sie ihm die Hand zu, und der Druck, mit dem sie die seinige erfaßte, war so, als wenn sie ihm den Inhalt beider Briefe zu ewigem Angedenken in die Hand drücken wollte.

Peter Aichschnitzer ging nach Haus. Aber nicht gleich, sondern auf Umwegen, indem er bis zur Dunkelheit so ziemlich den ganzen Westen von Berlin abspazierte. Die Geschichte war wirklich merkwürdig; geradezu fabelhaft merkwürdig. Ein junges, reiches, vornehmes, schönes Mädchen – aber halt – verbesserte er seinen Gedankengang – schön nicht, nein – aber jung, reich, vornehm, ja – weist einen körperlich prachtvollen Freiersmann, der wahrscheinlich ebenso vornehm und reich war, wie sie selbst, die Türe, und ihm, dem armen Teufel, dem Manne von obskurer Herkunft, dem häßlichen, verwachsenen kleinen Kerl sagt sie »herein!« Warum? Weil sie sich überhaupt nur in Geist verlieben konnte und sich in den seinigen verliebt hatte.

Unwillkürlich, indem er diesen Gedanken nachhing, war Peter Aichschnitzer vor den Spiegel in seiner Wohnung getreten; indem er sich im Spiegel beschaute, schüttelte er unwillkürlich den Kopf. Hier war etwas, was er nicht verstand.

Obgleich er sich immerfort geistig beschäftigte, war er das Gegenteil von einer geistigen, er war eine sinnliche, derb reale, beinah materielle Natur. Seelenleben, ohne sinnliches zugleich, war etwas, wofür ihm jedes Organ fehlte. Eine Frau, die so ausgesehen hätte, wie er als Mann aussah, ob er sich in die verliebt hätte? Und wenn es Pythia auf dem Orakelstuhl, und der Inbegriff aller Weisheit gewesen wäre, einfach zum lachen. Und hier war eine Natur, die so anders war, als die seinige, eine Frau, so ohne Sinnlichkeit, daß sie das Unmögliche möglich machte und sich über alle Hindernisse hinweg verliebte.

Edle Naturen, denen eine gegenübertritt, in der sie Fähigkeiten wahrnehmen, die ihnen fehlen, beugen sich; andere kritisieren, und unter Umständen lachen sie. Peter Aichschnitzer kritisierte – das Lachen würde vielleicht später kommen.

Das Resultat seiner Beobachtungen war: daß diese »Dame in Schwarz«, mit dem abgeschmackten Namen, diese Iduna von Schneideband, eine ungesund angelegte, in der ländlichen Einsamkeit völlig schrullenhaft gewordene hysterische alte Jungfer war.

Und wenn es so stand, was blieb dann zu tun? Einfach auf dem Absatz kehrt machen – »leben Sie wohl! Adieu!«

Aber im Augenblick, als er sich den Schwung dazu geben wollte, war es, als wenn ihm Einer entgegenträte, der ihn an beiden Schultern packte – »halt!« Und an diesem »halt« erkannte er, daß die Sache, die er immer noch für Spaß genommen hatte, nicht mehr Spaß, sondern Ernst war. Das Leben, das bequeme, von dem er gestern geträumt hatte, das Sich-Rekeln auf dem Gelde der reichen Frau, wo blieb das, wenn er vor der reichen Frau kehrt machte? Daß er eine Frau haben würde, die ihn wie eine Magd bediente, an der er psychopathische, vielleicht literarisch höchst verwendbare Studien machen konnte, wo blieb das? Wo blieb das? Und »die Betreffende« selbst, wäre sie damit einverstanden gewesen, wenn er kehrt machte? Im Gegenteil!

Also nichts mehr von solchen philiströsmoralischen Bedenklichkeiten! Und von diesem Augenblick an waren die Dinge bis zu dem

Punkte gelangt, wo nicht mehr die Menschen mit den Dingen, sondern die Dinge mit den Menschen gehen.

Denn in der Pension hatte sich inzwischen ebenfalls Wichtiges begeben. Hier war die Pensionsmutter nach Peter Aichschnitzers Fortgang in einem Zustande zurückgeblieben, der ein sofortiges Öffnen des Ventils verlangte, wenn eine Explosion vermieden werden sollte. Schöngeistige Begeisterung, daß es ihr beschieden sein sollte, den großen Schriftsteller unter die Haube zu bringen, Stolz, daß es die Geistesfreundin war, die er erwählte, Geschäftsinteresse für ihr Pensionat, angeborener weiblicher Kuppelsinn – das alles brauste zu einer Mischung zusammen, die ihr wie Champagnerschaum zu Kopfe stieg.

Sobald der Besucher die Pforte, bis zu der sie ihm Geleit gegeben, hinter sich zugemacht hatte, stürmte sie mit einer Hast, die kaum noch etwas von der Würde der Vorsteherin erkennen ließ, den Korridor hinunter, an dessen Ende Idunas Zimmer lag, und es bedurfte des letzten Aufgebots ihrer Selbstbeherrschungskraft, daß sie wenigstens anklopfte; am liebsten wäre sie ohne weiteres, wie eine Bombe hineingeflogen. Auch jetzt noch, obschon Iduna an der Art des Anklopfens sogleich erkannt hatte, wer es war, der Einlaß begehrte, wirkte ihre Erscheinung so abenteuerlich, daß die Insassin des Zimmers schier erschreckt auffuhr, als sie sie eintreten sah.

Mit rotem Gesicht, weit aufgerissenen Augen, halbgeöffnetem Munde, als wenn sie nach Luft schnappte, stand die rundliche Dame vor ihr. Plötzlich breitete sie beide Arme aus, und mit einem halb jauchzenden, halb schluchzenden »Er kommt!« fiel sie der Geistesfreundin um den Hals.

Idunas Lippen waren ganz bleifarbig – so war ihr das Blut zum Herzen gestürmt:

»Wer – kommt?«

Die Pensionsmutter legte ihr die Hände auf die Schultern, hielt sie mit beiden gestreckten Armen von sich ab, dann erhob sie ein jubelndes, richtiger gesagt gellendes Lachen:

»Fräulein von Schneideband – Fräulein Iduna – Fräulein Iduna – geliebte Freundin –« plötzlich lag Iduna wieder an ihre Brust gepreßt, und ihre Wangen feuchteten sich von den Tränen der Geistesfreundin, die jählings vom Lachen zu schluchzendem Weinen übergegangen war. »Der Mann brennt, ja! Sie sind mächtig, Fräulein Iduna, Sie sind mächtig! Ein großes Werk werden Sie vollbringen! Ein großes, herrliches Werk. Der einsame, verwahrloste Mann wird nicht mehr einsam sein. Eine Gefährtin wird er besitzen, eine Freundin, eine Hegerin und Pflegerin, die für ihn sorgen wird, sein Leben lang. Harmonisch wird er werden, harmonisch alles, was er schreibt, und das wird Ihr Verdienst sein. Liebste, Einzigste, Teuerste!«

Sie faßte Iduna an den Händen, zog sie auf den Stuhl, setzte sich neben sie: »Lassen Sie sich erzählen!«

Und indem sie nun erzählte, erging es ihr, wie es Menschen ergeht, bei denen die Einbildungskraft stärker als der Wirklichkeitssinn ist. Solchen Leuten werden ihre Wünsche zu tatsächlichen Geschehnissen. Sie lügen nicht mit Bewußtsein, aber sie fabulieren und bilden sich ein, daß sie Wahrheit sprechen.

Weil sie bemerkt hatte, daß der Mann ihre Briefe gelesen, setzte sich in ihrem Kopfe die Darstellung fest, daß sie jetzt, während seines Besuches, immerfort über den Inhalt der Briefe mit ihm gesprochen hätte. Weil sie begeistert gewesen war, als sie die Briefe schrieb, bildete sie sich ein, daß auch er mit Begeisterung gelesen hätte. Daß in Wirklichkeit eigentlich nur sie selbst gesprochen, und er ihr schweigend, beinah lauernd gegenüber gesessen hatte, von dem allen hatte sie keine Erinnerung mehr, nicht die geringste. Menschen solcher Art wird die eigene Stimmung zur Suggestion, sie hören sich selbst sprechen, und glauben, es wäre die Stimme der Welt, was sie vernehmen.

Alles was sie ihm von Iduna geschrieben, das hatte er ihr gesagt. Einen Vortrag hatte er ihr über das Mädchen gehalten, einen glühenden, entzückten. Verliebt, verliebt, verliebt war er in Iduna. In diesem Sinne berichtete sie der Freundin; mit einer Zungenfertigkeit, daß der Redestrom geradezu betäubend über die stille Zuhörerin dahinging. Betäubend – denn indem sie den Worten lauschte, die sie in der Einfalt ihrer Seele natürlich alle als vollwertige Münze nahm, kam etwas wie eine Lähmung über Iduna. Einem Manne angehören sollen, eine verheiratete Frau sein – furchtbares Angstgefühl – sie konnte sich gar nicht vorstellen, wie sie das anfangen

sollte. Das Gefühl der Verehrung, das so stark in ihr war, hatte ja
mit Verliebtheit nicht das mindeste gemein. Eine Frau aber, der die
Augen nicht mit der süßen kleinen Hand der Verliebtheit zuge-
drückt werden, behält die Augen offen für die Scham. Gesenkten
Hauptes, Glut-übergossen, soweit das bleiche Gesicht zu erglühen
vermochte, saß Iduna Schneideband, das Mädchenweib. Allmählich
wurde sie ruhiger. Aus den Tiefen ihrer durchstürmten Seele tauch-
te langsam das stille Eiland wieder auf, auf welches diese Vernunft-
natur sich zu retten wußte, so oft ein übermächtiges Gefühl sie zu
zerstören drohte, die Überlegung.

Ehe – nun ja – aber so anders würde diese Ehe sein, als das, was
man für gewöhnlich darunter versteht, daß man sie kaum so nennen konnte. Nicht ein gemeines, sinnliches, sondern ein reines, geistiges Zueinandergehören, ein ununterbrochenes Austauschen zwischen zwei Geistesmenschen, die ganz genau wußten, daß sie vom
Verheiratetsein das nicht haben wollten, was die andern davon
verlangen.

Denn zwei Geistesmenschen, das waren sie beide. Ihrer selbst
durfte sie ja wohl sicher sein, und auch von ihm hatte sie das erfahren. Seine Seele hatte sie kennen gelernt, als sie erfuhr, daß er über
Botticelli sprechen wollte; seine Körperlichkeit bot ihr die Gewähr,
daß er das nicht von ihr heischen würde, was seinerzeit jener andere von ihr verlangt hätte, jener Dioskure in Gestalt des jungen mär-
kischen Gutsnachbars, der damals gekommen war. Damals – ihre
Seele war schon wieder so ruhig geworden, daß sie lächeln konnte,
indem sie an das »damals« dachte.

Und zu dem allen kam nun das hinzu, was sie jetzt von der
Freundin hörte, die ihr dort gegenüber saß: Der Mann verlangte
nach ihr. Mein Gott, ja – hatte das Erschrecken sie so egoistisch
gemacht, daß sie das tiefe Mitleid hatte vergessen können, das sie
empfunden, als ihr das Mißverhältnis zwischen dem Geiste dieses
Mannes und seiner körperlichen Erscheinung zum erstenmal auf
die Seele gefallen war? Wie ein Schuldbewußtsein kam es über sie;
als wenn sie etwas gut zu machen hätte, reckte sie sich innerlich auf.

Weil er erkannt hatte, daß sie die einzige war, die ihn verstand,
darum verlangte er nach ihr; weil er einen Menschen brauchte, der
ihm durch den grausamen Zwiespalt seines Daseins hindurch half,

und weil sie dieser Mensch war, darum streckte er die Hände nach ihr aus.

Und vor solchem Schrei der Not hatte sie sich verschließen wollen! So ganz hatte sie nur das Opfer empfunden, das von ihr gefordert wurde, daß sie gänzlich darüber vergessen hatte, was für einer Art von Menschen das Opfer gebracht werden sollte. So niedrige Gesinnnung! Beschämung! Beschämung!

Die Pensionsmutter, deren Redestrom versiegt war, als Idunas erglühendes Antlitz sich niederbeugte, und die stumm, abwartend dagesessen hatte, fuhr beinah erschreckt auf. Iduna hatte sich plötzlich vom Stuhle erhoben. Mit der zuckenden Bewegung durch den ganzen Leib, die ihr eigentümlich war. Jetzt stand sie hochaufgerichtet vor ihr, und sie sah anders aus, als gewöhnlich. Beinah, als wenn sie in diesen wenigen Augenblicken noch gewachsen, noch größer geworden wäre. Die Glut auf ihren Wangen war erloschen, ihr Gesicht blaß, fast durchsichtig, schneeigblaß. Und in den Augen ein Ausdruck so merkwürdiger Art, daß das rundliche, unbedeutende Wesen, das staunend darauf hinblickte, ihn nicht zu erklären vermochte. Nur daß etwas Außerordentliches in ihrem Innern vorging, das begriff sie. Wirklich, wie eine der körperlosen Gestalten Botticellis sah sie aus, wie eine von einem Maler des Mittelalters auf dem Gange zur Hinrichtung dargestellte Märtyrerin. Und jetzt, ohne ein Wort zu sprechen, mit einer schier feierlichen Gemessenheit trat sie auf die Freundin zu, beugte sich über sie, und indem sie beide Arme ausbreitete, drückte sie deren Haupt in stummer, leidenschaftlicher Bewegung an ihre Brust.

»Fräulein Iduna,« wollte die Pensionsvorsteherin sagen, »liebste Freundin –« aber ihre Worte brachen ab. Ein wortloses, aus den Tiefen des ganzen Organismus hervorbrechendes Schluchzen deutete ihr an, daß jetzt nicht Zeit war, mit wohlgesetzten Worten zu dem erschütterten Weibe zu sprechen.

Um das, was sich hier begab, seiner ganzen Bedeutung nach in sich aufzunehmen, dazu war ihre Natur zu flach. Indem sie aber fühlte, wie der Leib, der sich über sie beugte, bis in die letzten Fugen erzitterte, von Stöhnen, Schlucken und Schluchzen durchwühlt, kam ihr eine Ahnung, daß hier ein furchtbarer Kampf gekämpft wurde, und daß der Gedanke, sich von der Jungfräulichkeit trennen zu sollen, diesen spröden Leib wie das Sterben anmutete. Darum wartete sie schweigend ab, bis daß die ringenden Mächte ausgetobt haben würden. Sie konnte ja warten: die Feste stand vor der Kapitulation, das fühlte sie, und bei aller Teilnahme für die leidende Freundin erfüllte dies Bewußtsein sie mit Entzücken.

Endlich, als ihr die Zeit gekommen zu sein schien, hob sie die Arme, die ihren Hals noch immer umspannt hielten, leise empor und befreite sich aus der Umschlingung. Mit einem wohlwollenden Lächeln blickte sie in die verweinten Augen auf. Dann zog sie die Freundin wieder auf den Stuhl zu ihrer Seite herab.

»Liebste, Einzigste« – sie drückte die fleischige Hand auf Idunas schmale, hagere Hand und beugte sich dicht zu ihr, um flüsternd verständlich zu werden – »um über das hinwegzukommen, was Sie jetzt vielleicht beunruhigt, müssen Sie an die Zukunft denken. Die wird ja wundervoll sein, nicht wahr?«

Das war ja im stillen auch Idunas Gedanke. Sie nickte ganz leise. »Darum nur Mut, Liebste, Beste, nur Mut! Und ihm« – sie rückte noch näher heran – »sollten Sie auch ein wenig Mut machen. Verstehn Sie, wie ich's meine?«

Idunas Gesicht ließ erkennen, daß sie nicht verstand.

»Es muß dem Manne doch schwer ankommen; das begreifen Sie, nicht wahr? Wenn Sie ihm ein Zeichen, ein ganz unverfängliches gäben, daß er kommen darf? Sie sind immer so ganz schwarz, so bis oben herauf zugeknöpft – schwarz mögen Sie ja bleiben, obschon es nun doch beinah ein Jahr her ist, daß Ihr lieber Herr Vater gestorben ist. Aber nur ein bißchen Freundlichkeit in all das Dunkel hinein. Was meinen Sie? Ja? Ein bißchen offener um Hals und Nacken und Schultern? Ja? Das alles ist doch so weiß und schön und jung; es ist ja ein Jammer, das immerfort so zu verstecken. Liebste, Einzige, wenn er das nächstemal zur Vorlesung kommt, darf ich vorher zu Ihnen kommen, Ihnen ein bißchen bei der Toilette zu helfen?«

Mit beiden Händen hatte sie Idunas Hand erfaßt und preßte und knetete sie:

»Ich darf kommen! Sie sagen ja! Nicht wahr. Sie sagen ja?«

Mit dem Anflug eines Lächelns im Gesicht wandte Iduna sich zur Seite und schüttelte das Haupt. Aber das Kopfschütteln bedeutete keine Verneinung, nur ein Staunen. Mußte sie denn immer und immer wieder dahinter kommen, wie all diese Menschen den Mann doch so gar nicht verstanden? Wie es für sie alle, sobald man von Mann und Frau sprach, immer nur den Gedanken an körperliche Zueinandergehörigkeit gab? Mit einem halben Seufzer wandte sie das Gesicht der Freundin wieder zu. Aus dem Ausdruck ihres Gesichts aber erkannte diese, daß sie sich nicht langer sträubte. Sie sprang empor; mit dem Wonnelaut, mit dem sie vorhin eingetreten war, breitete sie von neuem die Arme aus und riß die Freundin an sich. Dann überflutete sie ihr Gesicht mit Küssen und stürmte hinaus. Hinaus, und in ihr Kabinett.

Am nächsten Tage lag der dritte anonyme Brief in Peter Aichschnitzers Händen: »Wer Augen hat, zu sehen, der sehe! Wer Zeichen zu deuten weiß, der deute!

Wenn am nächsten Vortragsabend eine, die bisher immer nur streng, verschlossen und düster erschienen ist, heller, offener und anmutiger erscheint, dann wird es ein Zeichen sein, daß eine stumme Seele zu sprechen anfängt, und wer Ohren hat, zu hören, wird hören, wie sie sagt: Klopfet an, so wird Euch aufgetan!«

Diesmal ging unmittelbar nach dem Briefe, so daß es fast wie eine Antwort darauf aussah, bei der Pensionsmutter eine Karte ein, worin Herr Peter Aichschnitzer mitteilte, daß er zur Vorlesung erscheinen würde, am Abendessen jedoch, zu seinem Bedauern, nicht teilnehmen könne.

Angesichts dessen, was dieser Abend bringen sollte, hatte er sich nicht anders zu helfen gewußt.

Eigentlich war ihm ärgerlich zumute. Er fühlte sich gefangen. Den Vortrag mußte er halten, das Honorar hatte er bereits in der Tasche. Wenn er zum Vortrage kam, und »die Betreffende« ihm mit den bewußten »unverfänglichen Zeichen« entgegentrat, dann –? Ja, dann ging die Sache eben weiter. Unmöglich wäre es ihm dann gewesen, unbefangen unter den Eleganten, Schönen bei Tische zu sitzen. Von denen hieß es dann überhaupt Abschied nehmen; er war dann ein verankerter Mann. Verankert an derjenigen, die ihm in der ganzen Pension am wenigsten gefiel. Teufel! Teufel! Teufel!

Wieder wurde er zum Tintenfisch, der erbost in seinem Gelasse auf und nieder schwamm.

Dann aber – »Vernunft fängt wieder an zu sprechen –« der Gedanke wieder an das, was sie ihm brachte: das reichliche, bequeme Leben, die Handreichungen und Dienste einer Magd, die Freiheit, die er neben einer solchen, ganz von ihm abhängigen Frau genießen würde. Ja, ja, ja – da hatte er den erlösenden Gedanken wieder gepackt: mochte sie in hysterischen Banden schmachten – er würde frei sein und bleiben! Frei in seinem Verhältnis zu den Weibern, und frei vor allem als beobachtender Schriftsteller. So wie sein Auge beobachtend über der Literatur hing und ihre Krankhaftigkeit unbeirrbar rücksichtslos durchforschte, so würde es von nun an über diesem innerlich verbildeten, krankhaften Weibe sein und das verworrene Gespinst ihrer Seele aufdröseln, Faden nach Faden. Bis daß er sie als literarisches Präparat aufs Papier bringen konnte. Das würde seine Rache an ihr sein! Rache? Jawohl, Rache. Denn in diesem Augenblick haßte er sie. Durch die Unablässigkeit, mit der sie ihre Gedanken auf ihn richtete, hatte sie die Suggestion auf ihn ausgeübt. So etwas gibt es im Verhältnis von Menschen zum Menschen; wer weiß das nicht? Nun hatte sie ihn eingefangen in ihren Willen, nun war er eingefangen und an sie gebunden. Dafür wollte er sich rächen, indem er mit seinem Schwerte, der Feder, um sich hieb, und auf dem Papier ihre Krankheitsgeschichte beschrieb und ihr Seelenporträt entwarf.

Und unter solchen »Bräutigamsgefühlen« stürzte er sich in den Frack und die weiße Krawatte, um zum Vortrag zu gehn.

Über dem heutigen Abend leuchtete nicht der heitere Himmel der beiden vorhergehenden. Das kam daher, daß derjenige, der für gewöhnlich die Stimmung in der Gesellschaft machte, heute nicht viel hergab. Und dieses wieder war die Folge davon, daß Herr Peter Aichschnitzer, sobald er eingetreten war, Iduna Schneideband erblickt hatte, die heut anders als früher gekleidet war, heiter, festlicher, nicht mehr bis unters Kinn eingeschnürt, sondern in einem Kleide, das Hals und Nacken durchschimmern ließ.

Mit dem durchdringenden Blick, den er für Frauenerscheinung besaß, hatte er zwar sogleich festgestellt, daß sie heut viel annehmbarer aussah als sonst, in ihrer Schlankheit beinah hoheitsvoll. Aber trotzdem – er wußte, was das zu bedeuten hatte, und darum war ihm der Anblick auf die Nerven gegangen. Es war also alles abgemacht; er sollte anklopfen; und nachdem er sich einmal eingeredet hatte, daß er suggeriert worden sei, war er wirklich in die Suggestion geraten. Es blieb ihm nichts anderes übrig, er mußte anklopfen.

Geschäftsmäßig erledigte er sein Thema. So frostig, wie er herauskam, wurde der Vortrag aufgenommen. Die Zuhörerinnen waren ganz verblüfft. Der kleine, merkwürdige Mann, der wie eine mit Elektrizität geladene Leidener Flasche vor ihnen gesessen hatte – was war denn aus ihm geworden? Heut sprangen die Funken nicht, die einem sonst in die Nerven geschlagen waren und die eigene geistige Trägheit so prickelnd aufgerührt hatten.

Kein Blitz – kein Witz – ein Gelehrter, der langweilig über einen gleichgültigen Gegenstand sprach. Sie kannten sich nicht mehr aus in ihm. Und die beiden unter ihnen, die den Beweggrund zu dieser unerklärlichen Erscheinung kannten, sagten natürlich nichts. Ohne eine Miene zu verziehn, aber in einer Erregung des Innern, die ihnen fast das Herz abstieß, beobachteten sie seine Art und Weise, die Rundliche mit geheimer Wonne, die Schlanke mit erstickender Angst.

Sobald er geendigt hatte, erhob sich Peter Aichschnitzer. Ohne ein weiteres Wort zu verlieren, ohne jemanden anzusehn, machte er wie üblich seine Verbeugung im Kreise herum, dann ging er hinaus. Wie auf den Mund geschlagen, blieben die Damen hinter ihm zurück; nur die Pensionsvorsteherin folgte ihm auf den Flur, um ihm beim Anziehen des Pelzes behilflich zu sein. Als sie damit zustande gekommen waren, öffnete sich noch einmal die Türe zum Salon; Iduna trat heraus.

So hastig hatte er den Aufbruch bewerkstelligt, daß er sogar seine Mappe und das Manuskript auf dem Tische hatte liegen lassen. Iduna hatte die Blätter, um die sich von den anderen Damen natürlich keine kümmerte, langsam, sorgfältig in die Mappe gesteckt; jetzt erschien sie, sein Eigentum hinter ihm drein zu tragen.

So wie damals an dem Abend, als sie ihm das Kissen auf den Stuhl gelegt hatte, stand sie wieder vor ihm, schüchtern, beinah demütig, gesenkten Hauptes, ihm in beiden Händen die Mappe darreichend.

Peter Aichschnitzer nahm ihr die Mappe ab, ohne etwas zu sagen. Er konnte nichts sagen, nicht einmal ›Danke!‹ Er vermochte nicht einmal, zu ihr aufzusehn. Indem er die Mappe aus ihren Händen nahm, hatte er gespürt, wie kalt ihre Hände wieder waren. Ihre Finger hatte er berührt – so hart hatten die Finger sich angefühlt. Unsympathisch war ihre Körperlichkeit ihm immer gewesen; jetzt, da er sich daran binden sollte, wurde sie ihm schier zum Widerwillen.

So standen sich die drei Menschen stumm gegenüber. Aus dem anstoßenden Salon vernahm man das Plaudern und Lachen der Damen; dadurch wurde die Stille im Flur hier um so wahrnehmbarer. Keiner sprach, und jeder wußte, was der andere dachte. Dadurch bekam das Schweigen, das über ihnen lag, etwas von einem lastenden Alp. Endlich sah es so aus, als könnte Iduna den Zustand nicht langer ertragen: ein Seufzer, der ihre ganze Gestalt erzittern ließ, hob sich aus ihrer Brust. Sie trat dicht an die Freundin heran, und indem sie mit beiden Armen deren Nacken umfing, beugte sie sich zu ihr nieder, indem sie ihr Gesicht an ihrem Gesichte verbarg.

Lautlos sah Peter Aichschnitzer zu, lautlos und voll Staunen: zum erstenmal gewahrte er etwas Schönes an dem unsympathischen Weibe. Denn diese Bewegung da war wirklich schön. Wie allzu vernünftige Menschen erst liebenswürdig werden, wenn sie einmal aufhören, immer vernünftig zu sein, so wurde die eckige, geradlinige Gestalt erst schön, indem sie in Angst und Not sich beugte und krümmte. Mit einer schier grausamen Lust betrachtete der sinnliche Mann das Schauspiel ihrer Qual. Der Schmerz also mußte diese Gestalt durchzittern, damit sie weich wurde. Und wenn sie weich wurde, dann gab es wirklich die Möglichkeit, daß sie ihm gefiel. Ein Gefallen würde es vielleicht sogar sein, das ihn düsterer berauschte als die lachende Liebe einer anderen. Und dieses Sichwinden der spröden Natur, dieses Verschwelen der kalten Vernünftigkeit, das würde er nun aus nächster Nähe mit ansehen. Wie auf dem Scheiterhaufen würde sie vor ihm stehn, und unausgesetzt würde er beobachten, wie die Glut, höher, immer höher steigend, sie verzehrte.

Wie ein Taumel überkam ihn sein Entschluß. Mit einer jähen Bewegung trat er an die Pensionsvorsteherin heran:

»Ich werde Ihnen schreiben,« sagte er mit unterdrücktem Laut. Dann wandte er sich zur Tür und verschwand.

Einige Zeit erst, nachdem er gegangen, richtete Iduna das Haupt auf. »Was hat er Ihnen gesagt?«

Sie hatte den Ton seiner Stimme, nicht den Inhalt seiner kurz hervorgestoßenen Worte gehört. Die Stimme hat so rauh, beinah zornig geklungen.

»Er will mir schreiben,« erwiderte die Pensionsvorsteherin kleinlaut.

Auch ihr hatte seine Stimme so geklungen, als wenn er erzürnt gewesen wäre, und sein jähes Davongehn wußte sie sich nicht zu erklären. Beides war ihr unheimlich; und in solcher bedrückten Stimmung trennten sich die Freundinnen, die eine, um zu ihren Damen, zum Abendessen zurückzukehren, Iduna, um auf ihr einsames Zimmer zu gehn. Ihr war nicht nach Essen und Trinken, noch weniger nach geselligem Schwatz zumute. Ihr Verhalten hatte ihn erstaunt – das stand für sie fest – wahrscheinlich mehr als erstaunt, enttäuscht. Und er hatte ja vollkommen recht. Was war das nur für eine unbegreifliche Anwandlung gewesen? Hatte sie nicht den ganzen Abend bemerkt, wie benommen der Mann gewesen war? Jetzt hatte sich, indem sie im Flur zusammenstanden, eine Gelegenheit zur Aussprache geboten, jetzt hatte er erwartet, daß sie sprechen, ihm durch ein Wort, ein Zeichen, eine Andeutung wenigstens, die Möglichkeit gewähren würde, seinerseits zu sprechen – und statt dessen hatte sie so getan, einer kindischen Anwandlung von Angst und Grauen so kindisch nachgegeben! Denn so etwas wie Angst und Grauen hatte sie wirklich in dem Augenblick gefühlt; aber dem hätte sie doch Widerstand leisten müssen, das wäre ihre Pflicht gewesen. Jawohl, ihre Pflicht gegenüber diesem vom Schicksal heimgesuchten Mann, der darauf angewiesen war, daß sie ihm half, ihm Mut machte und entgegenkam, daß sie das erste, entscheidende Wort sprach. Mein Gott, mein Gott – aus dem Ton seiner Stimme hatte sie ja vernommen, mit was für Empfindungen er gegangen war; wie er sich in ihr getäuscht hatte, die er für eine klare, ihrer Überlegung mächtige Natur gehalten und nun als eine haltlose, seiner unwürdige Persönlichkeit erkannt hatte. Und das war nun die letzte Vorlesung, vermutlich das letztemal gewesen, daß sie zusammen waren. Ob sie nun je wieder Gelegenheit finden würde, den ungünstigen Eindruck aufzuheben? Schreiben wollte er – so hatte er der Freundin gesagt – ob er schreiben würde? Und wenn er es tat, was würde er schreiben? Daß er sich in Fräulein von Schneideband und ihren Empfindungen getäuscht hätte und zurückträte. Damit würde dann alles aus sein, durch ihre Schuld! Durch ihre Schuld!

So verfolgten die Selbstvorwürfe sie den ganzen Abend, bis in die Nacht hinein, und in der schlaflosen Nacht erwog sie den Plan, in den nächsten Tagen Berlin zu verlassen und in ihre ländliche Einsamkeit zurückzukehren. Ein Leben hatte vor ihrer Tür gestanden, das ihr die Anwartschaft auf eine wundervolle geistige Entwickelung bot, und das hatte sie verpaßt und vertan! Mochte sie nun in Einsamkeit und Öde verkommen und versauern, das war die Buße, die sie sich selber zubereitet hatte.

Aber ihr Entschluß kam nicht zur Ausführung.

Am nächsten Nachmittage, nachdem sie vormittags stumm und scheu umeinander hergegangen waren, trat die Pensionsvorsteherin bei ihr ein, mit einem Gesicht, auf dem ein großes Ereignis geschrieben stand. In der bei solchen Gelegenheiten üblichen Weise näherte sie sich mit ausgebreiteten Armen der Freundin und drückte sie an sich:

»Er hat geschrieben!« murmelte sie.

Iduna wurde wieder blaß bis in die Lippen.

»Er hält um Sie an,« fügte jene hinzu. Dann, als wenn sie am Ende ihrer Kräfte wäre, sank sie in den Stuhl, die Augen auf Iduna gerichtet: »Was sagst Du?«

Iduna sagte nichts: starr und bleich, wie ein Wachslicht, stand sie vor ihr.

Nun holte die Pensionsmutter den Brief aus der Tasche, den sie von ihm erhalten hatte. Auf ein Zeichen Idunas las sie den Inhalt vor. Dieser Inhalt war, daß Herr Peter Aichschnitzer ihr in kurzen, beinah dürren Worten seine Absicht mitteilte, um Fräulein von

Schneideband anzuhalten, und bei ihr anfragte, ob sie es übernehmen wollte, der Dame seine Absicht kundzutun. Er selbst, so war hinzugefügt, wäre in solchen Dingen so unbewandert, außerdem mit Arbeiten wichtigster Art so beschäftigt, daß er keinen anderen Weg als diesen brieflichen fände. Wenn sie glaubte, daß seine Werbung Gehör finden würde, möchte sie ihm ein Zeichen geben – dann würde er kommen.

Langsam, nachdem sie gelesen, faltete sie den Brief zusammen und stand auf. Wieder legte sie die Arme um die Freundin: »Fräulein Iduna, liebe Freundin, soll er kommen?«

Aus nächster Nähe, als wenn sie es ihr ersparen wollte, laut sprechen zu müssen, hatte sie die Frage gestellt. Die Antwort ließ einige Zeit auf sich warten. Endlich kam sie, kaum vernehmbar, wie ein Hauch: »Ja.«

»Engel!« schrie die Pensionsvorsteherin. Ihre bisherige Feierlichkeit war mit einem Schlage dahin; sie riß die Freundin stürmisch an sich und preßte den saftigen Mund auf die schmalen Lippen, die so leise gesprochen hatten. Noch einmal und noch einmal küßte sie Iduna, dann wandte sie sich zur Tür; sie hatte ja nun Wichtiges zu besorgen. An der Tür aber drehte sie noch einmal um:

»Hatten Sie gedacht, daß es so kommen würde?« Iduna schaute vor sich hin, ohne den schelmischen Blick zu erwidern, der die Frage begleitete. Ihr war so ernst zumute. Die Gedanken kamen ihr wieder, mit denen sie sich in der Nacht gequält hatte. Über alles war sie hinweggehoben durch die Hochsinnigkeit des Mannes, der alles verstand und alles verzieh. Er war doch noch bedeutender, als sie gedacht hatte. Von nun an sollten solche kindischen Anwandlungen ihr nicht mehr begegnen. Eine Gefährtin, eine Freundin, für die es nur ein Ziel gab, des Mannes würdig zu sein, an dessen Seite sie dahinging, ihm zu helfen, wo ihm geholfen werden mußte, ihn zu verstehen, soweit sie ihn zu verstehen vermochte, sich ihm unterzuordnen, ganz, völlig, in schweigendem Anschmiegen so zu sein, so zu tun, das war die große Aufgabe, die sie ihrem Leben in diesem Augenblicke tiefster innerer Sammlung vorschrieb.

Am darauffolgenden Tage erschien Peter Aichschnitzer bei der Pensionsvorsteherin. Er wurde in ihrem Kabinett empfangen und saß dort längere Zeit mit ihr im Gespräch.

Alsdann erhob sich die Wirtin, um Iduna von seiner Anwesenheit zu benachrichtigen.

»Wünschen Sie, mit ihr allein zu sein?« fragte sie im Hinausgehen.

»Nein,« erwiderte er kurz und bestimmt.

Iduna hatte wohl schon erfahren, daß der Mann gekommen war. Als die Freundin bei ihr eintrat, saß sie auf ihrem Stuhl; die Glieder hingen ihr nieder; sie war so blaß, daß man den Eindruck gewann, als leuchtete ihr ganzer Leib schneeweiß durch das schwarze Gewand, und als ginge eine Atmosphäre, wie Schneestaub, von ihr aus.

»Möchten Sie nicht kommen? Er ist da,« sagte die Pensionsvorsteherin mit sanfter Aufforderung.

Gehorsam, wie ein Schulmädchen, erhob sich Iduna vom Sessel.

»Möchten Sie mit ihm allein sein?« fragte die Freundin, die sie unter den Arm faßte.

»Nein« – und mit einem Griff, daß jene die Nagel ihrer krallenden Finger fühlte, packte sie die Hand ihrer Führerin.

»Es ist so töricht,« – murmelte sie vor sich hin – »es kommt wieder« – das Angstgefühl von neulich Abend kam wieder – »bitte, lassen Sie mich einen Augenblick zu Atem kommen« – sie blieb stehn; man sah, wie sie tief Atem holte, um die Brust mit Luft zu füllen, wie sie sich gewaltsam aufreckte und zusammenraffte. Als sie die Schwelle des Kabinetts überschritten, hatte sie wieder Herrschaft über sich gewonnen. Indem sie gegen das niederziehende Gefühl ankämpfte, das eben in ihr gewesen war, straffte sie sich doppelt auf. Die Folge davon war, daß, als sie jetzt in das Zimmer eintrat, wo er ihrer wartete, sie noch starrer, steifer und eckiger aussah als gewöhnlich.

Peter Aichschnitzer stand mitten im Zimmer.

Keines Wortes mächtig ging sie mit einem schweren Schritt auf ihn zu und streckte ihm die Hand hin. Ohne ein Wort zu sagen, nahm er ihre Hand und drückte sie leise.

Und auf diese Art verlobten sich die beiden. Eilfertig rückte die Pensionsmutter Stühle zurecht, so daß alle drei sich in einem engen Kreise setzen konnten. Sie fühlte jetzt selbst, daß sie den beiden einen Dienst erwies, wenn sie sie nicht allein ließ. Einen Augenblick noch wahrte das peinvolle Schweigen. Dann hatte Peter Aichschnitzer seine Sicherheit wieder gewonnen:

»Ich hoffe,« sagte er lächelnd, indem er sich an die Vermittlerin wandte, »Sie werden mich bei unserer Freundin entschuldigen, wenn ich mich nicht übermäßig geschickt zeige. Wenn man ein gewisses Alter erreicht hat, wird man – wie soll ich's ausdrücken – feierlichen Momenten gegenüber etwas schwerfällig. Zudem – wenn man so fortwährend in der Arbeit steckt« – er richtete ein liebenswürdiges Lächeln auf Iduna, »aber von meinen Arbeiten darf ich wohl jetzt eigentlich nicht sprechen?«

»O, tun Sie es ja!« Mit ganzem Oberleibe beugte Iduna sich vornüber. »Sie könnten mir von nichts Lieberem sprechen.«

Es war die Wahrheit, was sie sagte. Wie eine Erlösung war es ihr, daß er von seiner geistigen Tätigkeit anfing. So benommen war sie von dem Vorgange eben gewesen, daß sie geradezu vergessen hatte, warum sie sich eigentlich mit dem Manne verlobt hatte. Gott sei Dank – jetzt wußte sie es wieder.

Auf diese Aufforderung hin fing er an zu berichten, daß er gerade jetzt eine umfangreiche literargeschichtliche Arbeit in Angriff genommen hätte, die ihn dahin führen sollte, daß er sich an der Universität habilitierte. Er wollte akademische Vorlesungen halten. Mit dem Ausdruck tiefster Freude lauschte ihm Iduna, mit einem Lächeln die Pensionsmutter: »Herr Professor, Herr Professor, wird es Sie aber nicht in der Arbeit stören, wenn Sie jetzt heiraten?«

»Sagen Sie das nicht!« Leidenschaftlich fiel Iduna ihr ins Wort. »Sie grade sollten am wenigsten in die klägliche Trivialität einstimmen, daß das Verheiratetsein den Mann am Arbeiten hindert. Das wäre ja fürchterlich! Ein Unglück für den Mann und die Frau, für die Frau noch ein größeres. Eine Frau, wenn sie dächte, sie hinderte den Mann. Keine ruhige Stunde könnte sie ja mehr leben! Das Gegenteil wird der Fall sein –«

Ihre Lippen zuckten. Sie war in solcher Erregung, daß die Geistesfreundin nach ihrer Hand griff, um sie zu beruhigen. Aber Iduna war zur Ruhe noch nicht fertig. Vielleicht, daß sie die Gelegenheit gekommen sah, dem zukünftigen Gatten, der doch eigentlich noch wenig von ihr wußte, ihre Auffassung von der Ehe klar zu machen, vielleicht auch, daß sie sich vor sich selbst rechtfertigen wollte, weil ihr Gefühl mit dem Bunde, den sie eben geschlossen hatte, noch so gar nichts, gar nichts zu tun hatte.

»Doppelt wird er arbeiten und schaffen, doppelt und dreifach. Denn er wird jemanden an der Seite haben, der all die äußeren Hindernisse aus seinem Wege räumt, die die freie Geistestätigkeit belasten. Alle Sorgen und alle mechanischen Unbequemlichkeiten. Jemanden, dem er diktieren kann, wenn ihn das Schreiben angreift, der ihm seine Manuskripte abschreibt, wenn er sie in Eile zu Papier gebracht hat. Eine – wie soll ich's nennen –«

Mit einer plötzlichen Bewegung griff sie nach Peter Aichschnitzers Hand:

»Ach Sie haben es ja vorhin selber genannt – so schön, und ich bin Ihnen dafür so dankbar – eine – Freundin.« Sie drückte ihm die Hand, sie sah ihm, zum erstenmal, in die Augen: »So dankbar bin ich Ihnen! So dankbar–«

Jählings, wie sie danach gegriffen hatte, ließ sie seine Hand wieder fahren, riß das Taschentuch hervor, drückte es an die Augen und brach in lautes, heftiges Weinen aus.

Die Pensionsfreundin machte sich beschwichtigend über sie her:

»Es greift sie ein bißchen an,« erklärte sie mit einem halb entschuldigenden Lächeln zu Peter Aichschnitzer hin.

Dieser sagte nichts. Er hatte sich an der Hand fassen, seine Hand drücken lassen, ohne den Druck zu erwidern. Jetzt saß er mit wohlwollend teilnahmsvollem Gesicht da.

»Ich glaube beinah,« sagte er dann, indem er seine Worte wieder an die Vermittlerin richtete, »es wird für uns alle gut sein, wenn wir den Zustand möglichst bald in einen definitiven verwandeln.«

»Nur keinen langen Brautstand!« Wie elektrisiert stimmte ihm die Pensionsmutter bei. »Ganz meine Ansicht!«

Sie trocknete Idunas Wangen und streichelte sie:

»Und Sie, Geliebte, sind Sie der Ansicht nicht auch?« Hastig nickte Iduna mit dem Kopf:

»Daß er nur nicht gestört wird, natürlich! Natürlich! Wenn er doch gerade jetzt so wichtige Arbeiten vor hat.«

Peter Aichschnitzer kniff ein Lächeln hinter die Lippen: seine Arbeiten und immer seine Arbeiten, ihr einziger Gedanke. Es schwebte ihm die Bemerkung auf der Zunge, daß Fräulein von Schneideband sich eigentlich mehr mit seinen Manuskripten und Korrekturbogen zu verheiraten schien als mit ihm selbst. Natürlich aber sagte er davon nichts, sondern begnügte sich, wohlwollend zu ihr aufzublicken: Dann würde sie vielleicht sogar damit einverstanden sein, meinte er, wenn sie sich die konventionelle Hochzeitsreise sparten und gleich an Ort und Stelle in Berlin blieben? »In der Wohnung,« fügte er lächelnd hinzu, »wo mein Schreibtisch steht?«

»Ja, gleich an den Schreibtisch! Gleich an den Schreibtisch!« rief Iduna, indem sie ihm nochmals beide Hände entgegenstreckte.

Peter Aichschnitzer erhob sich.

»Es trifft sich nämlich merkwürdig,« sagte er an Iduna vorbei zu der Pensionsvorsteherin. »Wenn unsere Freundin mit der Einrichtung einverstanden wäre, die ich mir ausgedacht habe, dann brauchten wir eigentlich nicht einmal eine neue Wohnung zu nehmen. Alles könnte so wie bisher, und der Schreibtisch unverändert an seinem Platze bleiben.«

»Ja aber –« die rundliche Dame zeigte ein etwas betroffenes Gesicht – »in Ihrer Junggesellenwohnung könnten Sie doch schwerlich zu – zu zweien wohnen?«

Peter Aichschnitzer lächelte verbindlich.

»Nein, natürlich nicht.« Und nun erklärte er sich genauer: Er hatte bisher die eine Hälfte einer Etage bewohnt. Gerade in diesen Tagen war die daranstoßende andere Hälfte frei geworden. Beide Wohnungen waren durch eine Tür verbunden, die bisher geschlossen und durch Tapeten zugedeckt gewesen war. Sobald man die Tapete hinwegnahm, kam die Tür zum Vorschein, die Verbindung war hergestellt, und die beiden getrennten Wohnungen waren zu einer zusammenhängenden vereinigt.

»Das muß ich mir gleich morgen einmal ansehn,« erklärte die Pensionsmutter eifrig, »das scheint mir ja allerdings eine famose Idee! Auf die Weise bleiben Sie, Herr Professor, ganz ungestört in Ihrer alten Umgebung, und die andere Hälfte, das sind dann die Räume für Fräulein Iduna?«

Peter Aichschnitzer machte abermals eine kurze Verneigung.

»Liebste, Einzige –« sie wendete sich an Iduna, »was sagen Sie dazu? Möchten Sie nicht morgen mitkommen, daß wir uns zusammen die Sache ansehn?«

Er wehrte lächelnd ab: »Nein, nein, das machen wir ab; quälen Sie unsere Freundin damit nicht.«

Die Pensionsmutter hielt Iduna an den Händen fest:

»Aber, ob Ihnen die Idee gefällt, das müssen Sie wenigstens sagen! Denken Sie doch einmal« – sie kicherte laut auf – »eigentlich, als wenn gar nichts vorgefallen wäre, bleibt er ruhig an seinem Schreibtisch sitzen und arbeitet weiter. Haben Sie nicht selbst gesagt, er sollte so wenig wie möglich gestört werden?«

Zustimmend nickte Iduna.

»Und Sie selbst, daß Sie da nebenan eine Wohnung bekommen sollen, wo Sie so für sich sein können, als wenn Sie –« abermals unterbrach sie sich mit einem Gekicher – sie hatte sagen wollen: ›Als wenn die ganze Geschichte Sie eigentlich auch nichts anginge,‹ aber das sagte sie lieber nicht. »Sagen Sie doch nur, mir scheint die Idee ja ganz ausgezeichnet; gefällt sie Ihnen nicht?«

Als Peter Aichschnitzer hörte, wie diese Frage an sie gerichtet wurde, richtete er von der Seite den Blick auf Iduna. Immer mit dem wohlwollenden Ausdruck, den er die ganze Zeit über bewahrt hatte; in den Augenwinkeln aber lauerte die Beobachtung. Wie ein Aufatmen von Idunas ganzer Persönlichkeit, so sah es aus, was er da wahrnahm, wie ein stummes »an solche Möglichkeit hatte ich ja gar nicht gedacht«. Und diese Möglichkeit, die sich ihr so unerwartet bot, befreite, erlöste sie von irgend etwas Schwerem, das drückend, beängstigend auf ihr gelastet hatte; das alles sah man ihr an.

In ihrem Gesicht war ein viel ruhigerer Ausdruck als vorher, beinah etwas Freudiges.

»O ja, gewiß,« sagte sie, »die Idee gefällt mir sehr gut.«

Aus tiefster Brust kamen diese Worte hervor, und es klang, als hätte die Brust, aus der sie kamen, zum erstenmal wieder vollen Atem geschöpft. Peter Aichschnitzer griff zum Hut. In einer letzten, halblauten Unterredung mit der Pensionsvorsteherin verabredete er ein Zusammentreffen auf morgen in seiner Wohnung.

Dann reichte er Iduna die Hand und ging hinaus.

Sobald er die Flurtür draußen hinter sich geschlossen hatte, verlor sich der wohlwollend lächelnde Ausdruck von seinen Zügen. Ein finster verbissener trat an seine Stelle.

Der Vorgang, den er da eben mit angesehen hatte, der war's, der ihn so ingrimmig ausschauen ließ, ihr Aufatmen bei dem Gedanken, daß sie in einer Wohnung hausen würde, ganz für sich, eigentlich ganz von ihm getrennt. Er hatte den Vorschlag mit der Wohnung gemacht, weil ihm der Gedanke an die Unbequemlichkeiten eines Umzugs geradezu unleidlich gewesen war. Nun er ihn gemacht hatte, ärgerte er sich beinah, daß der Vorschlag solchen Anklang gefunden hatte. Und nun war er einmal gemacht und angenommen. Warum denn nun den Ärger? Verlangte denn er nach dem Weibe? War es für ihn ein Bedürfnis, immer in einem Raume mit ihr zusammenzusein? Lächerlich. Gerade heute, in ihrer Eckigkeit, Sprödigkeit, mit ihrer hysterischen Aufgeregtheit war sie ihm unsympathischer erschienen denn je. Aber daß sie so offenkundig aus seiner körperlichen Nähe hinwegverlangte, nicht mit ihm zusammensein wollte, das verletzte seine Eitelkeit, machte ihn wütend. Es war also so, wie er es auf der Zunge gehabt hatte, ihr zu sagen, daß sie sich mit seinem Schreibtisch verheiratete, aber nicht mit ihm! Ein Blaustrumpf, der für nichts Sinne und Gedanken hatte als für beschriebenes und bedrucktes Papier! Ein Weib ohne Reiz. Und das würde er nun lebenslang neben sich haben, halten und mitschleppen! Das paßte ihm nicht. Das wollte er nicht. Seine sinnliche Natur sträubte sich auf. Wenn er denn einmal heiratete, so wollte er wenigstens etwas davon haben; nicht einen Sekretär nur, sondern eine Frau; eine Frau mit Fleisch und Blut, mit weichem, schönem, kühlem Frauenfleisch; mit Gliedern, die man an sich drücken, umarmen, von denen man sich umarmen lassen kann, deren schwellendes Rund man mit den Fingern nachfühlen, mit den Lippen küssen kann. Das war's, was er haben wollte; jawohl. Eine wirkliche Frau, bei der man sich von der Arbeit ausruht, nicht eine ewig vernünftige Freundin, die einen immer wieder an die Arbeit heranschleppt. Brauchte er denn das alles? Brauchte er eine, die seine Manuskripte abschrieb? Der er diktieren konnte? Ganz überflüssig das alles. Eine Aufdringlichkeit, und nichts weiter. Ganz etwas anderes brauchte er: statt der langweiligen, schulmeisterlichen Deklamationen über »Geistestätigkeit«, über »Belastung der freien Arbeit« ein Weib, wenn's nicht anders war, ein tolles Frauenzimmer, das lieben, lieben, lieben konnte, das nicht auswendig gelernte Reden halten, sondern sich winden konnte im Verlangen, stöhnen – winden – stöhnen – plötzlich sprang ihm die Erinnerung an den Augenblick von neulich Abend, im Flure auf, wo sie sich gewunden und gestöhnt und ihm gefallen, zum ersten und einzigen Male gefallen hatte. Ja gut. Er preßte, fürbaß schreitend, die Fingernägel in die Hand – etwas Wildes stand in ihm auf, wie finsteres, wildes Verlangen und Begehren, dieses spröde, immer verständige, altjüngferliche Geschöpf unvernünftig werden zu sehn in Liebestollheit, sich winden zu fühlen in seinen Armen, wie eine Rasende, Besessene.

Am anderen Tage hatte er seine Besprechung mit der Pensionsvorsteherin. Gemeinschaftlich besichtigten sie die Wohnung, die an die seinige anstieß. Das Ergebnis der Besichtigung war, daß die andere Hälfte der Etage sogleich gemietet wurde. Die Pensionsmutter war einfach entzückt. Von nun an entwickelte sie eine staunenerregende Tätigkeit.

Von Peter Aichschnitzer ging sie zu Iduna, von ihr wieder zu ihm. Sie hatte ja für beide zu sorgen; für das Mädchen beinah mehr noch als für den Mann. So unerfahren in all diesen Dingen, so unpraktisch war das Mädchen. Geradezu unglaublich. Nun also wurde sie von der Freundin an die Leine genommen und mußte mit ihr Straße auf, Straße ab, von einem Laden in den anderen, von Kleiderhandlungen zu Wäschehandlungen, von Wäschehandlungen zu Kleiderhandlungen wandern. Nachdem das Notwendigste in dieser Richtung besorgt war, mußte an die Möbel gedacht werden, mit denen die zukünftige Wohnung ausgestattet werden sollte. Die an

Peter Aichschnitzers Behausung angrenzende andere Hälfte der Etage hatte ihren besonderen Eingang. Der Schlüssel dazu befand sich in den Händen der Pensionsvorsteherin. Ohne daß Aichschnitzer hinter seiner vorläufig noch vertapezierten Tür etwas von ihrer Anwesenheit bemerkte, konnten beide Damen die Räumlichkeiten betreten.

Idunas künftige Wohnung sollte es sein, also wurde die Ausstattung dementsprechend gewählt. Das dauerte mehrere Tage, sogar einige Wochen, denn die Möbel mußten zum Teil erst hergestellt werden. Tötlich gelangweilt überließ Iduna der Freundin alles und jedes, indem sie sich schweigend ihren Anordnungen fügte. Nur ganz zuletzt kam es zu einer Auseinandersetzung: sie befanden sich in einem nach dem Hofe hinausgehenden kleinen kabinettartigen Raume, und hier, so bestimmte Iduna, sollte ihr Bett stehen. Den Raum wollte sie zum Schlafzimmer haben.

Erstaunt blickte die Pensionsmutter auf:

»Ja aber – hier ist doch nur höchstens für ein Bett Platz?«

Iduna erwiderte nichts und trat an das Fenster, indem sie der Freundin den Rücken zukehrte.

»Wenn Sie hier wohnen sollten,« meinte diese, »bevor Sie noch verheiratet sind, dann würde ich es ja vollkommen begreifen, daß Sie hier, wo nun einmal Ihre Wohnung sein soll, auch Ihr Schlafzimmer für sich haben wollten. Aber – Sie wollen in die Wohnung doch erst einziehn, wenn sie beide verheiratete Leute sind? Und – wenn Sie dann – verheiratete Leute sind, dann –« sie vollendete den Satz nicht. Indem sie zu der Freundin am Fenster hinüberblickte, die noch immer mit dem Rücken zu ihr gewendet stand, sah sie, wie die weiße Haut unter deren Nackenhaaren sich mit dunkler Röte übergoß. Bei diesem Anblick errötete sie selbst und verstummte.

Jetzt kam Iduna mit hastigen Schritten zu ihr heran, und indem ihr Blick an ihr vorbeiging, richtiger gesagt, vorbeitaumelte, schmiegte sie sich, wie sie das in Augenblicken der Angst gewöhnt war, mit beiden Armen an ihr Gesicht:

»Tun Sie mir die Liebe,« flüsterte sie, »fragen Sie mich nicht. Ich weiß nicht, wie ich's Ihnen erklären soll! Ich – Gott ich muß es sagen – verstehe mich ja wahrhaftig selber nicht. Alles was ich sagen kann, ist, daß es nicht anders sein kann. Wirklich nicht. Wirklich nicht!«

Auf diese Weise wurde das Gespräch vorläufig abgebrochen. Die Pensionsmutter sagte sich, daß die Freundin ja mit der Zeit zur Vernunft kommen würde, daß aber für jetzt nichts zu tun wäre. Und also wurde ihrem Verlangen willfahrtet und der Raum als Schlafzimmer für einen einzelnen Bewohner, für Iduna, eingerichtet.

Auch mit dem Manne, mit Herrn Peter Aichschnitzer, hatte die geplagte Dame in den nächsten Tagen noch einen Strauß: ihren Wünschen hätte es entsprochen, wenn die Hochzeit mit Pauken und Trompeten, unter Hinzuziehung der ganzen Pension begangen worden wäre. Ihr Geschäftsinteresse diktierte ihr den Wunsch; für all ihre Mühe wollte sie doch einen Lohn haben. Das aber war gerade das Gegenteil von dem, was Peter Aichschnitzer sich wünschte. So unbemerkt als möglich sollte alles vor sich gehn. Trauung auf dem Standesamt. Dann ein Hochzeitsmahl im engsten, freundschaftlichen Kreise; alsdann nach Haus. Und vom nächsten Tage an – eigentlich, als wenn nichts vorgefallen, und alles beim alten wäre.

Mit großen runden Augen hatte die Dame gelauscht.

»Ja aber – die Trauung in der Kirche?«

»Überflüssig,« hatte er erklärt. Deren bedurfte es überhaupt nicht.

»Ja aber – da müßte doch die Braut erst noch gefragt werden?«

»Also fragen Sie sie!«

Und also fragte sie bei Iduna an, in der Hoffnung, daß diese auf kirchlicher Trauung bestehen würde. So großartig hatte sie sich das gedacht, wenn die ganze Pension, in so und so viel Hochzeitskutschen an der Kirche vorfahren würde!

Aber ihre Hoffnung schlug gänzlich fehl; sobald Iduna vernommen hatte, in welcher Art und Weise Peter Aichschnitzer die Sache gehandhabt zu sehn wünschte, ging sie voll Eifer, »beinah begeistert,« meinte die Geistesfreundin, auf seinen Gedanken ein.

»So unbemerkt als möglich« – jawohl, das war ganz auch ihr Wunsch.

Schon halb verschüchtert wagte die Pensionsmutter kaum noch mit der Frage nach kirchlicher Trauung herauszurücken.

Auch deren bedurfte es für Iduna ganz und gar nicht. Trauung auf dem Standesamt war vollauf genügend.

Schier zerschmettert ergab sich die Pensionsvorsteherin in ihr Schicksal. Eigentlich war ihr jetzt die Freude an der »ganzen Heiraterei« verdorben. Was hatte sie denn noch davon? Daß der berühmte Mann in ihrer Pension unter die Haube gebracht worden war – nun ja. Über Jahr und Tag aber wußte kein Mensch mehr etwas davon; und sie hatte schon von einer Gedenktafel geträumt, die im Salon der Pension angebracht, das große Ereignis für alle Zeiten festhalten würde. Jetzt gingen die beiden aufs Standesamt, und dann war die Pension vergessen. Aufs Standesamt, und nicht einmal in die Kirche. Daß er von kirchlicher Einsegnung nichts wissen wollte – na, das begriff sie schließlich. Daß geistig bedeutende Männer immer auch Heiden sind, das gehörte wohl dazu. Aber Iduna – daß auch die so ohne weiteres damit einverstanden gewesen war! Bei Frauen gehört es doch eigentlich zum guten Ton, daß sie zum Prediger in die Kirche gehn. Beinah unheimlich, die Freundin so in die Ehe gehn zu sehn; und beinah regte sich ihr der Gedanke, die beiden von nun an ganz sich selber zu überlassen. Dann aber fiel ihr Blick wieder auf Iduna, die in diesen, der Trauung vorhergehenden Tagen ein Bild gewährte wie eine Märtyrerin, die am Kreuz gehangen hatte und eben von dort herabgenommen worden war! Wenn sie die Hand von ihr zog! Mein Gott, mein Gott! Das gute Herz schwoll in ihr auf. Es war doch ihre Freundin, und sie war es doch nun einmal gewesen, die sie in die ganze Geschichte hineingelotst hatte. Also, es half nichts; hatte sie einmal A gesagt, mußte sie jetzt auch B sagen.

Und so erschien denn endlich der Tag, an dem sich die Pensionsmutter früh am Vormittag zu Iduna Schneideband ins Zimmer begab, um sie zum Gang aufs Standesamt zu schmücken.

Zu schmücken – indem sie die überschlanke, zarte Gestalt, die hilflos vor ihr stand, in das weißseidene Kleid hüllte, kam es ihr vor, als wenn sie ein Opfer zur Todesfahrt, nicht als wenn sie eine Braut zum Brautgange kleidete!

Keine von beiden sprach ein Wort. Idunas blutlose Lippen klebten aufeinander; die Helferin befand sich immerfort in Tränen. Lautlos, wie die Vorbereitung zu ganz etwas anderem, als zu Fröhlichem und Gutem vollzog sich die Verrichtung.

Und dieser Bann des Schweigens, der auf den beiden Frauen gelastet hatte, blieb nun wie ein bleiernes Gewölk über all den Vorgängen hängen, unter denen langsam, langsam die entscheidende Stunde herankroch. Stumm saß Peter Aichschnitzer im Wagen, mit dem er sie abgeholt hatte, um mit ihr auf das Standesamt zu fahren, neben Iduna – stumm saß Iduna neben Peter Aichschnitzer. In einer zweiten Kutsche folgten die Pensionsvorsteherin und noch eine ältere Mitbewohnerin der Pension als Trauzeugen Idunas – ein paar Freunde des Bräutigams waren bereits im Standesamt anwesend, um ihm als Zeugen zu dienen.

Die geschäftsmäßige Stimme des Standesbeamten, die in dem fahlen Raume widerhallte, als wenn ein kalter Niederschlag von den weiß getünchten Wänden herab rieselte, war beinah der einzige Laut, der die schweigsame Menschengruppe belebte. Ein diskretes Schnäuzen im Rücken des Bräutigams kam von der Pensionsmutter, die ihre Tränen und ihre Gedanken dem Taschentuch anvertraute. Das Brautpaar selbst stand wie versteinert vor dem Beamten. Iduna, in ihrem weißen Seidenkleide, mit dem grünen Myrtenkranz im Haar, wie eine Iphigenie vor dem Opferaltar.

Als das entscheidende Wort gefallen war, als sie erfahren hatte, daß sie nun eine verheiratete Frau war, erhob sie das Haupt, mit einer Bewegung, die so aussah, als wenn nicht sie den Hals reckte, sondern als wenn ihr Hals von selbst aus dem Nacken wüchse, immer höher, ganz lang. Dabei wandte sie langsam das Gesicht nach rechts, dann nach links, und der Blick, der aus ihren Augen kam, sah so aus, als schwämme er, wie ein verlorenes Schiff in einem fremden, unermeßlichen Meer. So merkwürdig war das Bild, das sie bot, daß alle ohne Ausnahme beinah verhaltenen Atems auf sie hin blickten und daß der Bräutigam, jetzige Gatte, erst nach einiger Zeit auf sie zutrat, ihr den Arm zu bieten. Als sie, an seinem Arme hängend, hinausging, winkte sie mit den Augen noch einmal die Freundin an ihre Seite:

»Jetzt gleich – zum Essen gehn – ich kann nicht.«

Die Freundin übermittelte ihr Gestammel dem Gatten. Dieser nickte gleichmütig:

»Ich bestelle die Mahlzeit auf zwei Stunden später; ganz einfach. Bringen Sie, wenn ich bitten darf, meine Frau unterdessen in ihre Wohnung, daß sie sich ausruht. Wollen Sie?«

Die Freundin wollte.

Ein Lächeln, das eigentlich wie ein Kniff in der Haut aussah, ging durch Peter Aichschnitzers Gesicht:

»Sie hat ja ihr Schlafzimmer für sich, da kann sie ruhn.«

Also geschah es. Während er sich zum Hotel begab, das Hochzeitsdiner verschieben zu lassen, fuhr die Freundin mit Iduna nach deren neuer Wohnung, brachte sie in ihr Schlafzimmer und legte sie auf das Bett.

Zwei Stunden später rollte der Wagen wieder vor, um sie abzuholen. Jetzt war sie soweit wieder zu sich gekommen, daß sie folgen konnte.

Der Raum, in welchem getafelt werden sollte, war von Peter Aichschnitzer selbst ausgesucht, das Mahl von ihm persönlich angeordnet worden. Wer es noch nicht gewußt, der hätte erkannt, wie dieser Mann mit den Sinnen eines verfeinerten Ästheten alles Schöne und Erlesene, das in den Dingen steckt, aus ihnen hervorzuholen verstand. Der kleine, mit dunkler Holztäfelung bekleidete, mit schweren Blumengewinden geschmückte, von einem matt gedämpften Licht golden überflutete Raum wirkte berauschend.

Mitten an der Tafel stand der große Sessel von gebeiztem Eichenholz, in dem Iduna sitzen sollte. Peter Aichschnitzer saß ihr gegenüber. Eigentlich hätte er neben ihr sitzen müssen. Aber dann hätte er sie nicht voll ansehn können. Und er wollte sie sehn, ganz und voll ansehn. Wein, Gespräch, Freuden der Tafel und Bewußtsein der Stunde, aus dem allen zusammen sollte Stimmung aufdampfen, und die Stimmung sollte zum Rausch, der Rausch zum Feuer werden, und in dem Feuer sollte sie stehn, die immer Vernünftige, Eckige, Blasse, Schlanke, Überschlanke, wie ein Weib, das man auf einen Scheiterhaufen von duftenden Hölzern stellt. Wie sie anfangen würde in dem Feuer warm zu werden, zu glühen, zu brennen und zu verbrennen, das wollte er vor Augen haben, vor den Sinnen haben, mit allen Sinnen fühlen wollte er das; genießen und sehn.

Darum, sobald die kleine Tafelrunde Platz genommen hatte, schlug die Unterhaltung wie eine Springflut empor. Peter Aichschnitzer hatte die Stimmung in die Hand genommen. Ob das, was ihn befeuerte, wirkliche Freude war – jedenfalls war etwas Bacchantisches in ihm; wie Raketen gingen ihm die launigen Bemerkungen, wie Leuchtkugeln die tiefsinnigen Gedanken über die Lippen. Alles blickte auf ihn, alles hing an seinem Munde; mehr und mehr fühlten alle sich hingerissen. Dazu strömten vom ersten Augenblick an die edelsten Weine.

»Sorgen Sie, daß meine Frau zu trinken hat,« halb lachend, doch aber gebieterisch rief Peter Aichschnitzer es über den Tisch der Pensionsmutter zu, die neben Iduna saß. Er hatte bemerkt, daß ein Toast sich vorbereitete. Einer der Freunde stand auf und hielt eine Rede auf die Neuvermählten. Es war die erste Rede, die vom Stapel ging, darum fand sie großen Beifall. Dröhnend klatschte Peter Aichschnitzer in die Hände. Während er klatschte, stellte er für sich fest, wie unglaublich trivial der Freund gesprochen hatte. Von dem Beifall angespornt, erhob sich die Pensionsmutter. Wie eine mit Rührung geladene Bombe stand die rundliche Gestalt hinter dem Tisch. Alle Erlebnisse, Erinnerungen, Sorgen, Hoffnungen der letzten Wochen wurden in ihrer Ansprache, wie in einem Tabernakel, niedergelegt. Dem langen Zeitraum entsprechend, den ihre Worte durchmaßen, wurde die Ansprache lang, sehr lang. Schließlich rauschte sie in einem Tränenstrom zu Ende, der sich wie ein Brausebad über Idunas Haupt ergoß. Marmorblaß und marmorstill saß diese selbst in ihrem gebeizten Eichenstuhl.

Ob es der Anblick ihrer Versteintheit war, die noch immer nicht erwärmen, erglühn, schmelzen wollte, oder ob es das Bedürfnis war nach all dem trivialen Wortgeräusch den Raum von geistvoller Rede widerhallen zu machen, mit einem Ruck, nachdem die Pensionsmutter sich ausgeschluchzt hatte, fuhr Peter Aichschnitzer von seinem Platze auf.

Das Thema, über das seine Rede ging, war ein allgemeines: Die geistige Arbeit, ihre Qual und ihre Wonne, ihre Hemmungen, und das, was ihr hilft. Als er bei diesem Teil seiner Ansprache angelangt war, merkten die Zuhörer, die lautlos gebannt dem glänzenden Gedankenstrom lauschten, daß er auf eine bestimmte Helferin anspielte, merkte Iduna, daß seine Worte ihr galten. Vom ersten Augenblick an, als er von der »geistigen Arbeit« angefangen hatte, war wieder das Aufatmen über sie gekommen, das ihre Engbrüstigkeit immer weit werden ließ. Jetzt, indem er weiter sprach, stieg langsam die Farbe des Lebens in dem farblosen Gesicht auf, ein Nieseln, ein Sichdehnen ging durch die eckige Gestalt, so daß es aussah, als badete sie in seinen Worten, als käme etwas wie Wollust über die spröde Persönlichkeit. Wie aus einem Traum kam sie zu sich, als nun alles herandrängte, mit ihr, der Gefeierten, anzustoßen. Plötzlich, indem sie den Kelch zum Munde hob, um nippend daran zu schlürfen, hörte sie hinter sich eine heiße, befehlshaberische Stimme: »Austrinken!« Sie blickte auf: hinter ihr, über den Sessel gebeugt, stand der Mann, der eben gesprochen hatte, Peter Aichschnitzer. In seinen Augen war ein Licht, in seinen Zügen ein Ausdruck, wie sie etwas Ähnliches noch nie an ihm gesehn hatte. Tiefer beugte er sich nieder:

»Aber mit dem Abschreiben,« sagte er mit leiser Stimme, in der eine dumpfe, beinah wilde Ersticktheit lallte, »und damit, daß man sich diktieren läßt, ist's nicht getan. Sekretär sein ist nicht genug, man muß Frau sein! Frau muß man sein! Die blauen Strümpfe ausziehn und nackt sein! Und küssen muß man können, küssen, küssen!«

Plötzlich war sein Gesicht dicht über dem ihrigen:

»Küsse mich!«

Herrisch, wie vorhin das »Austrinken!«, fast herrischer noch, kam das Wort heraus. Die Lippen, von denen es kam, atmeten Weindunst. Waren das die Lippen, die eben so geistvoll gesprochen hatten? Dazu das Gesicht – als wenn plötzlich ein ganz fremder, neuer, verwandelter Mensch vor ihr stände, so war es Iduna. Als wenn der Mann, von dessen Stirn, indem er vorhin gesprochen, die Geistesarbeit wie aus einem Spiegel gestrahlt hatte, sich eine Larve, die Larve eines Fauns vor das Gesicht gebunden hätte. Denn wirklich – wie eine Hallucination überkam es sie – das Gesicht, das sich da über sie beugte, auf irgend einem Bilde – oder war es eine Bildsäule gewesen – hatte sie einmal solch ein Gesicht gesehn, das Gesicht eines

Fauns, mit gierig lüsternen Lippen, trunken blinzelnden Augen, mit Ohren, die nicht menschlich gerundet, sondern tierisch zugespitzt gewesen waren. Ein lähmendes Entsetzen fiel über sie her, alle Farbe erlosch in ihrem Gesicht; statt ihm, wie er befohlen hatte, mit dem Munde entgegenzukommen, sank sie, blöden Auges zu ihm emporstarrend, an die Lehne des Sessels zurück.

Laut lachend richtete Peter Aichschnitzer sich auf und kehrte an seinen Platz zurück. Der Vorgang hatte sich so rasch abgespielt, die Worte, die er zu ihr gesprochen, waren so leise geflüstert gewesen, daß niemand von der ganzen Gesellschaft dahinter gekommen war, was sich zwischen den beiden begeben, was er ihr gesagt hatte. Als man ihn jetzt so vergnügt lachen hörte, wußte man, daß er ihr irgend einen geistvollen Einfall anvertraut hatte, einen vermutlich so geistreichen, daß die etwas schwerfällige junge Frau im ersten Augenblick beinah erschreckt davon gewesen war.

Mit ungebrochener Energie riß Peter Aichschnitzer, sobald er sich gesetzt hatte, die Unterhaltung wieder an sich. Er wollte die Gesellschaft – daran war kein Zweifel – nicht vor Einbruch des späten Abends, womöglich der Nacht, auseinandergehn lassen. Und seine Absicht gelang; niemand vermochte sich dem Zauber der Stunde zu entziehn. Immer neue, immer edlere, duftigere, süßere Weine wurden aufgetragen. Wie ein unerschöpflicher Vulkan sprudelte der kleine, verwachsene Mann Geist. Iduna, die sich langsam erholt hatte, blickte mit stummem Staunen über den Tisch: diese anmutig plaudernden Lippen, sprühenden Augen, dieser unermüdliche und nie ermüdende Wechselstrom von tiefgründigen und witzig hüpfenden Äußerungen – als wenn das Intermezzo von vorhin gar nicht geschehen, in seinem Leben gar nicht vorhanden gewesen wäre. Unwillkürlich fragte sie sich, ob sie es wirklich erlebt hätte, oder ob alles nur eine Sinnestäuschung, ein Traum, ein Spuk gewesen wäre.

Bis daß endlich die Stunde zum Aufbruch schlug und ihr, wie eine Last, auf die Seele fiel, daß sie nun mit ihm gehn, mit ihm allein sein mußte ... Aber er war so heiter, so zuvorkommend liebenswürdig, als er ihr beim Übernehmen ihrer Sachen behülflich war, daß sie – sie wußte kaum wie – plötzlich im Wagen neben ihm saß und mit ihm davonfuhr. Der Weg zur neuen Behausung war nicht weit;

zur Unterhaltung kaum Zeit. Nach rascher, kurzer Fahrt hielt der Wagen an. Er half ihr beim Aussteigen. Hinter ihnen fiel die Haustür ins Schloß. Und dann kam die Nacht. – –

Ein Geheimnis im Leben des Menschen, ein immer wiederkehrendes, ist die Nacht. Immer wieder, wenn das Gespenst der Dunkelheit die Welt erstickt, wenn der Tag und die tröstliche Macht des Tageslichts erlischt, werden wir zu fragenden Kindern: »Was kommt nun ?« Ruhe oder Unruhe, Frieden oder Anfechtung? »Was kommt nun?« – Wenn je eines Menschen Seele von dieser Frage belastet, schier erdrückt gewesen war, so war es die von Iduna Schneideband, jetzt Iduna Aichschnitzer, als sich gestern abend die Pforte der neuen Behausung hinter ihr geschlossen hatte.

Und jetzt war die Nacht vorüber. Der neue Tag war angebrochen; auf lautlosen Sohlen huschte er durch die Straßen der Stadt, mit grauen Augen lugte er in die Fenster – was hat euch die Nacht gebracht? Auch in die Kammer blickte er, die Iduna sich zum Schlafgemach erwählt hatte. Eine Neuvermählte wohnte dort. Was also durfte er erwarten, der Späher, das er in der stillen, lauschigen Kammer erblicken würde? In die Kissen des Bettes geschmiegt, ein von wunderbarem Erlebnis trunkenes Weib? Mit heißen, verschämten, glückselig lächelnden Wangen, vielleicht noch schlafend und im Traume das Erlebte noch einmal erlebend, vielleicht auch schon wachend und im Wachen dem zukünftigen Leben entgegen sinnend? Von diesem allen fand der grauende Tag, als er in die Kammer hineinblickte, nichts. Das, was er sah, war eine Frau, die notdürftig verhüllt, mit allen Zeichen der Verstörtheit im Gesicht auf einem Stuhle neben dem Bette saß – und diese Frau war Iduna Schneideband, jetzt Aichschnitzer.

Denn in dieser Nacht war ihr etwas Schreckliches begegnet:

Als sie gestern abend mit ihrem Manne angekommen, als sie den Flur ihrer Wohnung betreten hatten, war sie von ihrer Jungfer empfangen worden, die ihr den Mantel abnahm. Dann hatte der Mann das Mädchen hinweggewinkt: »Wir brauchen Sie nicht mehr!« und nun waren sie beide allein gewesen. Peter Aichschnitzer hatte eine Tür geöffnet, Iduna war eingetreten; in dem Zimmer, das sie betrat, hatte ein großer Schreibtisch gestanden. Es war sein Arbeitszimmer. »Gott sei Dank!« hatte sie laut ausgerufen. Warum? Weil sie mit einemmal, als sie den Schreibtisch erblickte, wieder gewußt hatte, warum sie den Mann geheiratet hatte. Peter Aichschnitzer, der noch im Überzieher, mit dem Hute in der Hand zur Seite gestanden, hatte keinen Laut geäußert. Von der Seite hatte er sie angesehen, mit einem sonderbaren, heißen, beinah wilden Blick, und einem Ausdruck, als verstände er, was in ihr vorging, und ärgerte sich darüber. Alsdann hatte er etwas nur halb Verständliches gemurmelt, das so ungefähr geklungen hatte, wie: »er wollte nur hinausgehn, ablegen; gleich würde er zurück sein.« Darauf, als er hinausgegangen und sie allein geblieben war, hatte plötzlich eine Angst, eine furchtbare, sie überkommen. Das Gesicht von heut abend, das sich beim Hochzeitsmahle über sie gebeugt hatte, mit den gierenden Lippen, den trunken blinzelnden Augen, das schreckliche Gesicht war wieder da gewesen, als er sie von der Seite ansah. Und plötzlich hatte sie gefühlt, daß wenn er jetzt wiederkäme und sie mit ihm allein sein würde, sie das nicht aushalten, nicht aushalten würde. Darum war sie aus dem Zimmer gegangen, bevor er zurückkehrte, nicht gegangen, sondern gelaufen, gelaufen, bis daß sie in ihrem Schlafzimmer war. In ihrem Schlafzimmer hatte sie den Riegel vor die Tür geschoben. Warum? Weil ihr zu Mute war, als wäre sie eine Maschine geworden, die Bewegungen ausführen mußte, die ihr von irgend einer unbekannten Macht befohlen wurden. Und nachdem sie so getan, hatte sie sich niedergesetzt und gesessen, an allen Gliedern gezittert und gelauscht – gelauscht.

Anfänglich war alles still geblieben. Dann hatte sie gehört, wie ein Schritt durch die Wohnräume zu gehn begann, wie der schwere, stampfende Schritt eines Mannes. Bis in das Zimmer war der Schritt gekommen, das an ihr Schlafgemach anstieß, dann war er zurückgegangen, dann nach einiger Zeit wiedergekehrt, und so einige Male hin und her. Als er jetzt wiedergekommen, war sie aufgezuckt: sie hatte gehört, wie der Mann an ihre Tür trat, wie er die Tür zu öffnen sich bemühte – sie hatte die Klinke auf und nieder gehn sehn. Als er bemerkte, daß die Tür verriegelt war, hatte er sich zurückgezogen. Dabei hatte sie einen Laut gehört, wie ein dumpfes Schnaufen. Von dem Augenblick an hatte sie sich wie in Eis gebadet gefühlt; es war ihr gewesen, als wenn ein wildes Tier sie umschliche. Alsdann war noch einmal alles still geworden. Im Augenblick aber, als sie eben wieder zu Atem hatte kommen wollen, war sie voller Schrecken vom Stuhl aufgefahren: der Mann draußen war zurückgekommen und hatte sich gegen die Tür geworfen. Er wollte herein – das merkte man – mit aller Gewalt wollte er herein. Keuchend, schnaubend drückte und drängte er gegen die Tür. Ein dumpfes Knirschen und Krachen ging durch das Holzwerk; das Getäfel beulte sich nach innen. Noch hielt der Riegel stand. Aber der Riegel war ein dünnes, dürftiges, erbärmliches Ding; das hatte sie bemerkt, als sie ihn vorschob, das sah sie jetzt, als sie gewahr wurde, wie das Türschloß, und in dem Türschloß der Riegel sich krümmte und bog. Noch einen Augenblick, so würde er brechen, und der Eingang frei sein – von Todesangst gepackt, stürzte sie von dem Fleck hinweg, an dem sie stand, und hinter ihr Bett. Kaum, daß sie dorthin gelangt war, so geschah das, was sie gefürchtet hatte: mit einem Knall sprang der Riegel in Stücke, die Tür brach auf, und in der Tür erschien der Mann. Dieser Mann war derjenige, dessen Schriften sie mit Entzücken gelesen, dessen Vortrag sie mit Hingebung gelauscht, mit dem sie sich aus Verehrung seines Geistes vermählt hatte – in diesem Augenblick war das alles vergessen, als wenn es nie in ihm gewesen wäre. In diesem Augenblick war der Mann für sie nur noch etwas Entsetzliches, ein Ungeheuer, kaum mehr ein Mensch; einer, der etwas von ihr fordern würde – sie war sich kaum darüber klar, was er fordern würde, aber es würde das sein, wovor sie sich all diese letzten Wochen über gefürchtet und gegraut hatte. Und wenn man den Mann ansah, begriff man, daß das Weib sich vor ihm fürchtete: nicht mehr ein lüsterner Faun, ein lechzendes Tier, ein Bewohner unheimlicher Tiefen, der aus seiner Höhle aufgestiegen war, ein Tintenfisch, der die Arme nach der Beute reckte, so sah das aus, was da glutübergossen, noch keuchend von dem Kampfe, den er mit der Tür gekämpft hatte, vor Iduna stand.

»Du bist meine Frau,« – würgend rangen seine Worte sich vom atemlosen Mund – »was soll das heißen, daß Du von mir fortläufst? Dich in Dein Zimmer verschließt? Meine Frau bist Du. Das sollst Du sein. Das ist mein Recht, ist Deine Pflicht. Hast Du verstanden? Hast Du verstanden?«

Seine Worte hatte sie verstanden – ob sie den Inhalt begriffen hatte? Ob sie begriff, daß in diesem Augenblick nicht nur der Mann dort, sondern die ganze Welt ihr wie einer Närrin gegenüberstand,

weil sie sich zur Frau hatte machen lassen und jetzt nicht Frau sein
wollte? Überlegung aber gab es in diesem Augenblick nicht für sie,
sondern nur Instinkt, und der Instinkt sagte: »Ich kann nicht! ich
kann nicht!« Darum, ohne auf seine Worte zu erwidern, die Hände
wie abwehrend gegen ihn ausgestreckt, wich sie zurück, soweit sie
vermochte, bis an die Wand des Gemaches. Als der Mann das sah,
stieß er einen dumpfen, beinah brüllenden Laut aus, und mit einem
Sprunge war er an ihr. Weiter rückwärts konnte sie nicht – sie war
in seinen Händen, und nun fühlte sie, wie seine Hände anfingen, ihr
Kleid und Gewandung vom Leibe zu reißen. Verzweiflungsvoll
wehrte sie sich – er fing ihre Hände und zwang sie herab. Sie ver-
suchte, ihn von sich zu stoßen, sie kämpfte wider ihn an, ein wortloses, keuchendes Ringen begann zwischen den beiden Menschen.

»Laß mich!« Aber er ließ nicht. Plötzlich fühlte sie seine glühende
Hand auf ihrer kalten, nackten Schulter; in der nächsten Sekunde
war ihr Kleid herabgerissen; noch eine Sekunde weiter, und bis an
die Hüften entblößt stand sie da. Als sie sich dessen inne wurde,
daß sie nackt vor eines Mannes Augen stand, nackt, stockte ihr der
Herzschlag, krampfhaft mit beiden Händen griff sie in die Luft. Ein
Ächzen, das wie das Geröchel einer Sterbenden klang, quoll über
ihre Lippen, ihre Glieder knickten, und sie brach zusammen.

In seinen Armen war sie niedergesunken. In seinen Armen hob er
die Ohnmächtige auf und schleppte sie zum Bett. Auf dem Bette
legte er sie nieder. Dann stand er und schaute auf sie herab:

Wie er da vor ihm lag, in seiner hilflosen Blöße, der arme, ohnmächtige Leib! Der arme –? für ihn nur der armselige. Denn alles,
was anderen rührend, vielleicht sogar lieblich an dieser Gestalt
erschienen wäre, die blütenweiße Haut, der schlanke, zarte Hals,
die fein gemeißelten Schultern und Arme und die, wie ein schwel-
lender Hauch sich andeutenden Brüste, das alles war für ihn und
für die Sinnengier, die in ihm kochte, die durch den Ringkampf mit
ihrem, Stück für Stück sich enthüllenden Leibe zu einer Art von
Raserei entflammt war, nicht vorhanden. Wie er eckig war, dieser
Körper, wie hager, mager und dürftig, zu dürftig, um Liebe zu gewähren, sogar zu dürftig, um Liebe zu empfangen, das sah er, und
das nur allein. Diese Glieder, die zu weit entwickelt waren, als daß
sie für die eines Kindes, nicht reif genug entfaltet waren, als daß sie

für die einer Frau hätten gelten können, dieses ganze Unentwickelte, Unfertige, Unreife, dem man ansah, daß es nie ausreifen, daß Blüte, geschweige denn Frucht, ihm immer versagt sein würde, was war das alles? Was sollte er damit? Etwas Unbrauchbares! Unbrauchbares!

Die Ohnmächtige zuckte, regte und bewegte sich; ein tiefer Atemzug verriet, daß sie zum Leben zurückkehrte. Sie schlug die Augen auf. Im Augenblick, als sie die Augen öffnete, wendete Peter Aichschnitzer sich ab und ging hinaus.

Und nun, im fröstelnden Grau des neuherangebrochenen Tages saß Iduna, das verstörte Weib, auf dem Stuhle neben ihrem Bett und dachte an das, was eben gewesen war, und überlegte, was nun kommen und werden sollte. Von Überlegung konnte man kaum sprechen; ein einziger Gedanke übertäubte alle anderen, das Bewußtsein, daß sie sich geirrt, wie ungeheuer sie sich geirrt hatte: von zwei Menschen hatte sie geträumt, die vom Verheiratetsein das nicht würden haben wollen, was die anderen, Sinnlichen davon haben wollen. In dieser Nacht hatte sie erfahren, daß der Mann ganz ebenso, vielleicht noch gewaltsamer haben wollte wie alle andern. Sie schlang die Hände ineinander, die feinen, zarten Hände, aus deren Haut die Adern bläulich hervortraten, und rang sie. Was sollte werden aus dem allen? Denn mit zermalmender Wucht stand die Gewißheit in ihr auf, daß sie das, was er von ihr verlangte, ihm nicht geben konnte, niemals, niemals!

Nachdem sie wohl einige Stunden so gesessen hatte, raffte sie sich auf, um sich anzukleiden, und nachdem sie damit fertig geworden war, sagte sie sich, daß sie füglich nicht immer in der Kammer hier bleiben könnte. Mit klopfendem Herzen – denn ihr war so ungefähr zumute, als wenn ihr aus den Räumen, die sie betrat, wie aus dem Labyrinth des Königs Minos, der brüllende Minotaurus entgegenkommen würde – öffnete sie die Tür zum anstoßenden Zimmer. Alles war leer, alles war still. Behutsam ging sie weiter, in das zweite Zimmer. Auch in diesem niemand und nichts. Nun aber blieb sie stehn; an diesen Raum grenzte das Arbeitszimmer ihres Mannes; in seinem Arbeitszimmer würde er sein. Fast eine halbe Stunde stand sie und wagte sich nicht weiter. Endlich, auf den Fußspitzen, leise schlich sie an die Tür, und mit verhaltenem Atem, leise, leise drückte sie die Klinke herab. Geräuschlos, in einem Spalt tat die Türe sich auf, durch den Spalt vermochte sie hineinzusehn – da war er. An seinem Schreibtisch saß er und drehte ihr den Rücken zu. Regungslos verharrte sie an ihrem Fleck. Offenbar saß er schon lange dort, so tief in seine Arbeit versenkt, daß er von ihrem Kommen nichts gehört, daß er keine Ahnung hatte, daß sie hinter ihm stand. Sie sah die dicken Bücher, die aufgeschlagen neben ihm lagen, sah, wie er Notizen darin und Auszüge daraus machte, wie er den Kopf aufstützte und nachdachte, dann zur Feder griff und an dem Manuskript schrieb, das vor ihm lag. So wie es ihr gestern beim Hochzeitsmahle ergangen war, erging es ihr wieder: der Fürchterliche, der Faun hatte sich zurückverwandelt in das, was er wirklich war, in den ruhigen Mann des beherrschenden Geistes. Die Nacht mit ihren Erlebnissen verblaßte und versank wie ein Spuk und böser Traum; ihn so sitzen zu sehn in seiner Tätigkeit, das weckte alle Erinnerungen an das, was diese seine Tätigkeit ihr gegeben hatte. Sich sagen zu dürfen, daß sie doch von nun an, als seine Frau, berechtigt und berufen war, mitzutun an seinem Tun, der Gedanke ging ihr wie eine jähe, warme Flut über das Herz. Sie vergaß, was geschehen war, sie war wieder Maschine, die einem unausgesprochenen Befehl gehorchte – und plötzlich ruckte der arbeitende Mann im Sessel zusammen: Iduna war vor ihm niedergefallen; zu seinen Füßen lag sie auf den Knien, tränenüberströmt, die Hände zu ihm erhoben:

»Gestern abend beim Essen hast du gesagt, ich könnte dir etwas sein, ich könnte dir helfen bei deinem Werk, dich fördern in deiner Arbeit. Laß mich dir helfen! Laß mich dir etwas sein! Laß mich teilnehmen an deiner Arbeit! Sag' mir ein Wort. Ein Wort nur, ob du willst!«

Reizbar von Natur, war Peter Aichschnitzer es doppelt und dreifach, wenn er an der Arbeit saß. Eine Störung darin konnte ihn wütend machen, bis zur Fassungslosigkeit. Heute nun saß er bereits seit Stunden am Schreibtisch. Gleich nach dem Aufstehn hatte er sich über seine neue Arbeit hergemacht. Auch ihm war heute morgen nicht gut zu Mute gewesen. Um zu vergessen, was sich in der Nacht begeben hatte, um nicht daran denken zu müssen, was nun aus der »blödsinnigen Geschichte« werden würde, hatte er mit wahrhaft rabiater Energie alle seine Gedanken auf die Schrift gelenkt, mit der er sich zu habilitieren gedachte. Endlich – denn von dem vielen Wein gestern hatte ihm auch der Kopf noch etwas gebrummt – war es ihm gelungen. Und jetzt, im Augenblick, als seine Arbeit ihn hinzunehmen, ihm fortzuhelfen anfing über Erinnerung und Grübelei, kam das. Diese Störung! Dieser – dieser Überfall! So krampfhaft waren seine Nerven gereizt, daß ihm alle Glieder zuckten, daß es einen Augenblick so aussah, als würde er das kniende Weib mit einem Fußtritt von sich stoßen. Diese hysterische Person! Was wollte sie von ihm? In der Nacht hatte sie ihn halb verrückt gemacht durch ihren unweiblichen, unnatürlichen Widerstand, und jetzt, wo er eben angefangen hatte, sich von ihr zu erholen, kam sie wieder mit ihrem Gewinsel, ihren auswendig gelernten Blaustrumpfredensarten, und brach über ihn herein, ohne anzuklopfen, ohne zu fragen. Das, was er von ihr verlangt hatte, was sie ihm hätte geben können, was ihm etwas gewesen wäre, wenn sie's gegeben hätte, das verweigerte sie. Statt dessen brachte sie ihm etwas, was er gar nicht haben wollte, gar nicht brauchen konnte, und drängte sich ihm damit auf. Denn was sollte das heißen, daß er sie teilnehmen lassen möchte? Teilnehmen an was? An seiner Arbeit? Wollte sie ihm helfen? Mit ihren Gedanken? Lächerliche Idee! Der Blaustrumpf ihm helfen! Weil er gestern in seiner Tafelrede gesagt hatte, sie könne ihn fördern? War sie so borniert, daß sie nicht zu unterscheiden wußte zwischen einer höflichen Redensart und der Wirklichkeit der Dinge? Sein Sekretär? Nicht wahr? Abschreiben seine Manuskripte? Diktieren sollte er ihr? Aber seine Handschrift war ja wie gestochen; die brauchte nicht ins Reine geschrieben zu werden. Diktiert hatte er noch nie im Leben, würde es auch niemals tun. Einen Sekretär also brauchte er nicht, alles, was sie ihm geben wollte, brauchte er nicht. Ungestört wollte er sein, allein und für sich. Was wollte sie an seiner Seite, was wollte sie überhaupt in seinem Leben, wenn sie nur seine »Freundin«, nicht seine Frau sein wollte? Was wollte, was wollte sie? Mit einem Gesicht, das durch die ärgerlichen Gedanken, die ihn bewegten, zerknittert und zerknüllt war, wie gehacktes Blei, sah Peter Aichschnitzer auf die Kniende herunter:

»Wenn man mich fördern will in meiner Arbeit, so gibt es dazu nur eine Methode: daß man mir keine Szenen macht und mich in meiner Arbeit ungestört läßt.«

Wie Blei sah sein Gesicht aus, wie Eisen klang seine Stimme. Als Iduna seine Worte vernahm, hob sie das Haupt auf; sie sah ihn nicht an, sondern an ihm vorbei, als käme ihr von irgendwoher plötzlich eine Erklärung für Dinge, die sie nicht verstanden hatte. Lautlos stand sie vom Boden auf, drehte sich, indem ihre Augen immer vermieden, den seinigen zu begegnen, um, und rasch, rasch, rasch ging sie hinaus. Dabei sah die Bewegung, mit der sie ging, ganz sonderbar aus, als wenn die schlanke Gestalt den Halt verloren hätte, als wenn sie schwankte, beinah flatterte, wie die Bewegung eines Menschen, der einen Schuß in die Seite bekommen hat, und in Hast und Eile noch die paar Schritte bis zu dem Orte macht, wo er zusammenbrechen kann. Und wenn jemand plötzlich erfährt, daß er sein Leben an einen Menschen gehängt hat, der ihn nicht brauchen kann, von ihm nichts wissen will – wie sollte das anders auf ihn wirken als wie ein tödlicher Schuß?

Den ganzen übrigen Tag sahen die beiden sich nicht mehr. Peter Aichschnitzer hatte sich wieder in seine Arbeit getaucht. Zum Mittagessen ging er in die Stadt, dahin, wo er als Junggeselle immer gegangen war. Iduna aß überhaupt nicht; sie fühlte, daß sie nicht heut, daß sie vielleicht niemals mehr würde essen können. Vom Augenblick an, da sie sein Zimmer verlassen, hatte sie eine Empfindung, als wenn etwas in ihrem Innern aufstieg, das sich wie eine kommende Krankheit anfühlte, wie eine schwere, ein Nervenfieber. Im Laufe des Tages verstärkte sich dies Gefühl, und am nächstfolgenden Tage mehr und immer mehr.

Früh am Morgen des übernächsten Tages fand Peter Aichschnitzer, als er an seine Arbeit trat, einen offenen Brief auf dem Schreibtisch:

»Ich fühle, daß ich krank werde. Ich will Dir mit meiner Krankheit nicht zur Last fallen. Ich verreise. Leb' wohl.

Iduna.«

Als er das las, fuhr der Mann zusammen: Sie – verreiste? Wohin? Ein Ort war nicht genannt. Sollte das etwa heißen –? Wenn man hätte sagen wollen, daß er bei dem Gedanken an eine solche Möglichkeit Schmerz empfunden hätte, so wäre das zuviel gewesen, aber störend wäre es ihm gewesen, über alle Maßen. Gerade jetzt, wo er in der wichtigen, der wichtigsten Arbeit seines Lebens steckte! Er stürmte in ihr Wohnzimmer, in ihr Schlafzimmer – alles leer. Bei ihrer Jungfer wollte er sich erkundigen – die Jungfer war fort, ihr kleines Zimmer ausgeräumt. Es schien also wirklich, daß sie abgereist war; die Jungfer, eine alte Dienerin Idunas, die ihrer Gebieterin in die neuen Verhältnisse gefolgt, war offenbar mit ihr gegangen. Einigermaßen beruhigt, ging er noch auf das Bodengelaß, wo die Koffer aufbewahrt wurden – richtig – ihre Koffer waren nicht mehr da. Er hatte sich vorgestern und gestern nicht um seine Frau gekümmert; offenbar hatten die beiden in aller Stille gepackt. Also war sie wirklich abgereist. Wohin? Das hatte sie nicht gesagt, das konnte ihm auch gleichgültig sein, war ihm auch gleichgültig; nachgereist wäre er ihr ja doch nicht. Jedenfalls war das eine, was er einen Augenblick befürchtet hatte, das Störende nicht erfolgt. Das war die Hauptsache. Nun konnte er wieder ruhig werden. Und er wurde ruhig. »Daß sie krank würde«? hatte sie geschrieben. »Das fühlte sie.« Es würde wohl so schlimm nicht sein. Wahrscheinlich nur eine Redensart, die sie als Vorwand für ihre Abreise gebraucht hatte.

Nun war ja eigentlich alles wieder, wie es vorher gewesen war, er war sozusagen wieder Junggeselle; niemand störte ihn mehr; er konnte arbeiten, arbeiten, arbeiten.

Beinah lachend setzte er sich an seinen Schreibtisch, und von diesem Augenblick an, tagein, tagaus, Wochen und Wochen lang, grub er sich in seine Arbeit, wie ein Hamster in seinen Bau.

Von Iduna verlautete nichts. Sie war wie ausgelöscht. Ob sie gesund, ob sie krank war – ob er angefragt haben würde, wenn er gewußt hätte, wo er sie zu suchen hatte? Jedenfalls wußte er es nicht, also konnte er nicht anfragen, sondern in seinem schweigsamen Gelaß sitzen, studieren und arbeiten. Endlich, nach Verlauf einer Reihe von Wochen kam ein Brief. Nicht von ihrer, sondern von einer unbekannten, allem Anscheine nach männlichen Hand. Unbekannt wie die Handschrift, war ihm auch der Name des Aufgabeorts, den er aus dem etwas undeutlichen Poststempel entzifferte. Daß der Ort in der Mark lag, soviel brachte er heraus.

Nachdem er den Umschlag geöffnet, las er folgendes:

»Ew. Hochwohlgeboren

beehre ich mich, als Gutsnachbar Ihrer Frau Gemahlin zu benachrichtigen, daß Ihre Gattin lange Zeit hindurch schwer, sehr schwer krank gewesen ist. Als sie sich niederlegte, hatte sie ausdrücklich befohlen, Ihnen keine Nachricht zu geben, und nur, falls sie sterben sollte, Sie von ihrem Tode in Kenntnis zu setzen. Dies der Grund, warum Sie heut erst, und eigentlich ohne Wissen und Wollen Ihrer Frau Gemahlin, Nachricht erhalten. Da ich nämlich erfahren habe, daß Sie nicht wußten, wo Ihre Frau Gemahlin diese Zeit über sich aufgehalten hat, und darum annehmen muß, daß Sie in Sorge gewesen sind, halte ich es für meine Pflicht, Ihnen heute mitzuteilen, daß die Gefahr überwunden ist und die Kranke sich auf dem Wege zur Besserung befindet, Ob ich Ihnen einen Besuch bei ihr in nächster Zeit empfehlen soll, lasse ich dahingestellt, weil ich glaube, daß Aufregungen bedenklich sein würden.

Hochachtungsvoll« –

als Unterschrift folgte ein adliger Name, den er nie gehört hatte.

Als Peter Aichschnitzer dies gelesen hatte, kam ihm der Augenblick in Erinnerung, als Iduna von den Knien aufgestanden und aus seinem Zimmer gegangen war, mit den Bewegungen eines Menschen, der einen Schuß in die Weichen bekommen hat. Also war es doch keine Redensart gewesen, daß sie sich krank fühlte. Und nur für den Fall, daß sie stürbe, sollte er ihren Tod erfahren, von ihrem Kranksein nichts. Warum? Nur damit er durch keinen Gedanken in seiner Arbeit gestört würde? So schien es. Und sie hatte ihre Absicht erreicht: er war wirklich nicht gestört worden.

Langsam legte er den Brief aus der Hand – welch ein merkwürdiges Geschöpf! Wie rasend hatte ihr Leib sich gegen ihn gesträubt, wie eine Magd ihre Seele ihm zu Füßen gelegen, wie ein lautloser Schatten wich sie aus seinem Wege, löschte sich aus, nur damit sein Geist in Ruhe blieb. Ein menschliches Wesen, das nur von der Seele etwas wußte und zu Grunde ging, wenn man von ihm verlangte, daß es auch einen Leib besitzen sollte. Und das nicht im asketischen Mittelalter, sondern im materialistischen zwanzigsten Jahrhundert!

Schweigend sann er vor sich hin – früher war ihm das alles lächerlich, eigentlich greulich gewesen. Unverständlich war es ihm auch heute noch. Aber, wenn sie gestorben wäre, so würde sie an ihm gestorben sein – zum erstenmal überkam ihn so etwas wie ein Gefühl, daß es ihm lieb war, daß sie nicht gestorben war.

Dann nahm er einen Briefbogen, um mit ein paar höflichen Worten zu danken. Ob er seinen Besuch für später in Aussicht stellen sollte? Lieber nicht. Besser war's, wenn er eine etwaige Wiederannäherung ganz ihr überließ. Ob sie wiederkommen würde? Ob er es wünschte? Eigentlich fühlte er sich ja in seiner Junggesellenfreiheit wohler denn je. Und über die blieb er Herr, wenn er sich durch keine Versprechungen band.

Als er die Adresse auf den Umschlag setzte, mußte er den Namen des Briefschreibers Buchstaben für Buchstaben nachschreiben. Ein Glück, daß er deutlich geschrieben war, sonst hätte er den unbekannten Namen nicht zusammengefunden. Einen Gutsnachbar Idunas nannte er sich – hatte er nicht bei irgend einer Gelegenheit einmal von solch einem gehört? Ja – jetzt fiel es ihm ein: Die Pensionsvorsteherin hatte ihm erzählt, daß ein junger Gutsnachbar Idunas sich einmal um ihre Hand beworben und daß sie ihm den Korb gegeben hatte. Ob das derselbe war, von dem der Brief hier kam? Ein Sportsmann wäre es gewesen, so hatte die Pensionsmutter erzählt, beinahe ein Athlet, und darum eben hätte Iduna ihn abgewiesen. Eigentlich konnte es Peter Aichschnitzer ja völlig gleichgültig sein, dennoch – sonderbar – beschäftigte und beschäftigte ihn der Gedanke, ob der Verfasser des Briefes und der abgewiesene Freier ein und dieselbe Person sein möchte. Wenn es so war, dann mußte der Mann die Frau wirklich geliebt haben, liebte sie wohl am Ende noch? Denn durch die höflich zurückhaltenden Worte atmete etwas wie eine unterdrückte Glut. Man hörte dem Briefe an, daß der Verfasser sich um die Frau geängstigt, daß er, während sie vielleicht bewußtlos gelegen, für sie gesorgt, sich um sie bemüht hatte. Darum war es ihm ein Bedürfnis gewesen, sobald er die Macht der Krankheit gebrochen und Iduna außer Gefahr gesehen, seiner Freude Ausdruck zu geben. Darum hatte er geschrieben. Darum hatte er, seinem eigenen Empfinden entsprechend, angenommen, daß auch der Gatte sich in Sorgen befunden haben müsse. Wenn Peter Aichschnitzer bedachte, wie völlig diese Annahme an der Wirklichkeit vorbeischoß, wie so gar nicht er sich gesorgt hatte, so hätte er lächeln können. Aber sonderbar – er lächelte nicht. Seine Sinnlichkeit war roh, sein Verstand äußerst fein; er begriff, was da vorging:

dieser unbekannte Mann, der von der Frau verschmäht worden war, liebte die Frau noch immer; obgleich er sich sagen mußte, daß sie ihm durch ihre Verheiratung für immer verloren war, jauchzte er bei dem Gedanken auf, daß sie am Leben bleiben würde, das nennt man selbstlose Liebe.

Adlig war der Name – Peter Aichschnitzer sagte sich, daß hinter dem adligen Namen ein adliger Mensch stand. Und diese Frau, die ihm so wertlos gewesen war, so wertvoll konnte sie für einen anderen sein? Sonderbar. Wie der Reflex des Sonnenlichts, das von den Fenstern eines Hauses in der Straße gegenüber in unser im Schatten liegendes Zimmer geworfen wird, so kam die Liebe dieses fremden Mannes und breitete etwas wie Reiz um Idunas, ihm bis zu diesem Augenblick so reizlose Gestalt. Nicht daß es ihn eifersüchtig gemacht hatte, dazu reichte es nicht; aber daß er sie in guter, aufmerksamer Pflege wußte – wahrhaftig, es war ihm lieb.

Es war ihm lieb, denn er hatte wieder Ruhe, und nun fing er wieder zu arbeiten an. Mit der nämlichen Energie, wie zuvor, aber nicht mehr so verbissen, nicht mehr so, wie er diese Wochen über gearbeitet hatte, als wenn er in einem Schacht, fern von aller Menschlichkeit säße. Denn jetzt, indem er las und schrieb und studierte, ging ihm allmählich ein Empfinden auf, von dem er sich anfangs kaum Rechenschaft zu geben wußte, weil er etwas Ähnliches nie gefühlt hatte, als wenn er nicht mehr so einsam, weltverlassen wäre, wie er es bisher immer gewesen war. Immerfort war jetzt etwas Unbekanntes, Unsichtbares bei ihm, das ihm zusah, wie er die Folianten aufschlug und nachdachte, das ihm zuhörte, wenn seine Feder auf dem Papier knirschte. Stand es hinter ihm? Neben ihm? Es war eben unsichtbar, er konnte es nicht sagen. Aber ganz in der Ferne hielt es sich, ganz lautlos, kaum atmend, damit es ihn nicht störte, nur nicht störte. Und merkwürdig – während früher solch ein Bewußtsein ihn nervös gemacht, zur Wut getrieben haben würde, war es ihm jetzt nicht störend, nicht unlieb, beinah angenehm. Denn ganz deutlich fühlte er, wie das unsichtbare Etwas, das wie ein blutloser Schatten hinter ihm stand, vor stiller Wonne zitterte, indem es ihn arbeiten sah, wie es sich aus diesem Anblick Lebensblut trank. Früher, wenn er geschaffen und geschrieben hatte, war es wie das einsame Gebrüll eines Wüstentiers gewesen, das seine Stimme nur ausgehn läßt, um seinem eigenen wilden Empfinden

Luft zu machen – jetzt hatte sich der menschenfeindliche Monolog in ein Zwiegespräch verwandelt; jedes Wort, das er vorbrachte, jeder Satz wurde von dem unsichtbaren Zuhörer aufgenommen, und nicht aufgenommen nur, sondern ins Herz genommen.

So stark überkam ihn die neue, fremdartige Empfindung, daß er aufatmend sich im Sessel zurücklehnte. Mußte er fragen, wer der unsichtbare Zuhörer war? Wußte er nicht, daß es eine Zuhörerin, und wer die Zuhörerin war? Seine rauhborstige Männlichkeit hatte bisher jede Einwirkung weiblichen Geistes schroff abgewiesen – zum erstenmal im Leben ging ihm eine Ahnung von der Seelenlösenden, Leben-füllenden Macht auf, die die Teilnahme des weiblichen Geistes für den Mann bedeutet.

Die Folge von dem allen war, daß während er mit einer Art von grimmer Wütigkeit zu arbeiten begonnen hatte, er allmählich mit Freudigkeit zu arbeiten fortfuhr. Und dieses wieder brachte die Folge mit sich, daß, als er nach abermals einer Reihe von Wochen die Arbeit abschloß und das Geschriebene überlas, er sich sagen durfte, daß ihm noch kein so lichtvolles, ausgereiftes, glänzend stilisiertes Werk gelungen war. Tief atmete er auf, und indem er zum Fenster hinaussah – es kam ihm vor, als geschähe es seit Wochen zum erstenmal – gewahrte er, daß es inzwischen Frühling geworden war und die Kastanien in Blüte standen. Wie wohlig die Luft ging! War es nur das entlastende Bewußtsein, daß er eine große Arbeit hinter sich gebracht, oder hatte er neue Sinne bekommen, daß er den Zauber des neuerstehenden Lebens mit einem Behagen einsog wie nie zuvor?

Ein abenteuerlicher Gedanke sprang in ihm auf: er wollte zu Iduna hinausfahren. Trieb ihn Sehnsucht? Kaum zu sagen – eigentlich nur ein unbestimmter Drang. Wollte er sie sprechen? Was wollte er mit ihr sprechen? Kaum zu sagen. Eigentlich nur die Frühlingsfahrt, die ihn lockte, und der Gedanke, die Örtlichkeit kennen zu lernen, wo das herkam, das merkwürdige Geschöpf. Daß Idunas Gut Eisenbahnstation war, daß er in kaum anderthalbstündiger Fahrt die Station erreichen konnte, das alles hatte er inzwischen festgestellt. Heute war es zu spät, aber wenn morgen solches Wetter sein würde wie heut, dann morgen.

Und am anderen Tage, der vielleicht noch schöner war als der vorhergehende, saß er in der Eisenbahn. Um die Mittagstunde langte er an. Das Bahnhofsgebäude stand einsam in der einfachen Landschaft. In der Ferne drüben erhoben sich die Dächer eines Dorfes und seitwärts von diesem die Wipfel dichtbelaubter Bäume. »So recht ein märkischer Park,« stellte Peter Aichschnitzer für sich fest, und daß es der Schneidebandsche war, erfuhr er auf seine kurze Frage.

Ein breit ausgefahrener Weg, der wie ein Sandstrom vom Dorfe bis an die Station floß, deutete an, wie man zu gehn hatte. Etwa eine Viertelstunde vom Dorfe entfernt zweigte ein Fußsteig ab, nach links hinüber, zum Park. Eine eigentliche Umfriedung hatte der Park nicht; offen mündete er ins Feld. Dem Fußsteig, der ringsherum lief und gewissermaßen die Grenze bildete, folgte Peter Aichschnitzer. Was er tun, was er sagen, wie er sein plötzliches Erscheinen erklären wollte, wußte er noch immer nicht; gesenkten Hauptes ging er vor sich hin, den Frühlingsduft der frisch umgeworfenen Ackererde einatmend, in einer Art von Neugier, wohin der Weg ihn führen, was aus dem allen werden würde. Jetzt lenkte der Pfad in einem Bogen nach rechts herum – durch die Bäume hindurch wurde das herrschaftliche Haus sichtbar, ein altmodisches, einstöckiges Gebäude, mit rotem, von der Zeit grünlich geflecktem Ziegeldach. Und nachdem er einige Schritte darauf zugegangen war, blieb der Wanderer stehn; hier entdeckte er Menschen: Auf dem Vorplatz vor dem Hause, nach Art einer hochstämmigen Laube geordnet, stand ein Rund von rotblühenden Kastanien. Unter den Bäumen war ein Gartentisch aufgestellt, um den Tisch herum Stühle, und in diesen Stühlen saßen Menschen, zwei, eine Frau und ein Mann. Die Frau war diejenige, die er seine Frau nannte, Iduna; ihn, der ihr Gesellschaft leistete, kannte er nicht. Er mochte dreißig Jahr alt sein, hatte einen dunkelblonden Vollbart und ein noch jugendliches, aber eigenartig ernsthaftes Gesicht. Daß es regelmäßig geformt war, dieses Gesicht, dazu auffallend blaß, und daß es einen Ausdruck zeigte, als wenn der Mann Schmerzen ausgestanden hätte, vielleicht jetzt noch ausstand, das bemerkte Peter Aichschnitzer.

Er stand in einiger Entfernung, hinter einem Buchenstamm, der ihn vor den beiden verborgen haben würde, wenn sie zu ihm hingeblickt hätten. Aber sie blickten nicht zu ihm hin, sie waren miteinander beschäftigt, so angelegentlich, wie es schien, daß sie für nichts anderes Gedanken hatten. Die Hände im Schoß, die Schultern mit einem gehäkelten Tuche bedeckt, saß Iduna, im Korbstuhl zurückgelehnt. Eine Handarbeit hatte sie nicht vor, sie hörte zu, dem, was der andere ihr vorlas. Nicht aus einem Buche las dieser, sondern aus einem Manuskript, das auf dem Tische vor ihm lag. Und dieses Manuskript hatte eine seltsame Gestalt: Wie ein Berg von aufeinander gehäuften einzelnen Blättern sah es aus. Langsam hob der Vorleser ein Blatt nach dem andern ab, und Satz für Satz trug er der Zuhörerin den Inhalt vor. Was es war, was er las, konnte Peter Aichschnitzer nicht verstehn, die Entfernung war zu groß, aber der Inhalt schien ihnen Schwierigkeiten zu bereiten; das sah man den nachdenklichen Gesichtern der beiden an und ihrem offenbaren Bemühen, das Vernommene zu verstehn.

Lange, und ohne sich zu langweilen, obschon das Bild keine Abwechslung bot, stand Peter Aichschnitzer auf seiner Lausche. Der tiefe Sonnenmittag, die laue, von herbem Frühlingshauch durchwürzte Luft, das Gebaren der zwei Leute, das mit seiner Friedsamkeit so eigentümlich in den allgemeinen Frieden hineinpaßte, erfüllte ihn mit dem leidenschaftslosen Wohlgefühl, mit dem ein Mensch einem Vorgange zusieht, an dem er nur mit den Augen teilzunehmen braucht, ohne sich innerlich dazu stellen zu müssen. Diese Frau, die er da sitzen sah, daß es doch eigentlich seine Frau war – wie in einem Dämmer verschwamm ihm das, so daß er es beinah vergaß.

Jetzt aber begannen die bisher regungslosen Wipfel der Kastanien sich zu regen; ein leiser Wind schauerte durch ihren Blättermantel zu dem Tische herab, an dem die beiden Menschen saßen. Die Luft wurde um einen Hauch kühler. Sobald der Vorlesende das empfand, legte er das Blatt, aus dem er las, aus der Hand und sah mit besorgtem Blick zu Iduna hinüber. Er schien eine Frage an sie zu richten, – was er sagte, blieb unverständlich – die Iduna mit einem leichten Achselzucken verneinte. Gerade auf ihren Schultern aber, die ihm mit dem gehäkelten Tuch wahrscheinlich zu leicht bekleidet erschienen, blieb sein sorgender Blick haften, er nahm, die Vorlesung nicht wieder auf, vielmehr erhob er sich, um ins Haus zu gehn. Indem der Mann langsam, mit einer gewissen Mühseligkeit vom Stuhle aufstand, sah Peter Aichschnitzer, daß er hoch, geradezu prachtvoll von Gestalt war. Im nämlichen Augenblick aber sah er noch ein zweites: die mächtige Gestalt ging lahm. Auf zwei Stöcke gestützt bewegte sich der Mann langsam, beinah schleppend zum Hause hin – der Sportsmann, der Athlet war kein Athlet mehr. Offenbar war er bei einer Fahrt oder einem Ritt zu Fall gekommen und lahm geworden. Mit einer Empfindung, die er sich kaum zu deuten wußte, schaute Peter Aichschnitzer hinter ihm drein, dabei gewahrte er, wie auch Idunas Blick mit einem Ausdruck sinnender Rührung ihm nachging.

Einige Zeit darauf kam der Mann zurück, einen dicken Plaid über dem Arm, und nun war es merkwürdig anzusehn, wie er mit einer schier brüderlichen Aufmerksamkeit die zarten Schultern der Frau in das wärmende Kleidungsstück einwickelte, wie die Frau mit wortlosem Lächeln zu ihm aufblickte. Er setzte sich wieder, er nahm das Papier zur Hand, um die unterbrochene Vorlesung fortzusetzen – aber es kam nicht dazu. Die Temperatur, die immer kühler wurde, dünkte ihm jedenfalls nicht mehr geeignet für seine Pflegebefohlene. Abermals stand er auf, man sah, wie er ihr freundlich vermahnend zuredete, und wie sie nachgab. Nun legte er das dickleibige Manuskript Iduna in den Schoß; von einem danebenstehenden Stuhle nahm er einige Bücher auf, die dort gelegen hatten, und packte sie zu dem Manuskript. Wie über einem Schatz, breitete Iduna über dem Papier und den Büchern die Hände aus, dann trat der Mann hinter ihren Stuhl – Peter Aichschnitzer wurde jetzt erst gewahr, daß sie in einem Rollstuhle saß – und vorsichtig begann er, sie zum Hause hinüber zu schieben. An der Eingangspforte machte er halt. Manuskript und Bücher hob er von ihren Knien und trug sie ins Haus; dann kam er zurück und war ihr behilflich, aus dem Stuhle aufzustehn. Er streckte die Hände nach ihr aus, ohne sie zu berühren, mit einer so keuschen Zurückhaltung, daß es aussah, als wäre es ein zerbrechlicher, ein beinahe heiliger Gegenstand, mit dem er umging. Iduna legte ihre Hände auf seine starken Unterarme, und so gestützt, erhob sie sich. Sie war noch schwach auf den Füßen; ein Wanken ging durch ihre Gestalt; mit einer raschen Bewegung weitete der Mann den Arm um sie, und wie kraftlos sank sie in seinen Arm.

Und also, Leib an Leib, Schritt für Schritt für Schritt, gingen die beiden ins Innere des Hauses – und verschwanden. Einen Augenblick noch, bevor sie für ihn unsichtbar wurden, hatte Peter Aichschnitzer Idunas Antlitz zu sehn vermocht: eine Glut war darüber gebreitet, ein Ausdruck in ihren Augen, wie er ihn nie gekannt; indem sie in den Arm und an die Brust des Führers sank, war etwas wie ein zärtlicher Schauer über ihre Gestalt gerieselt.

Und nun waren sie verschwunden, das friedsame Bild erloschen. Als wenn er einen Traum geträumt hatte, blickte Peter Aichschnitzer auf die Stelle, wo sie eben noch gesessen hatten und jetzt nicht mehr waren.

Seine erste Regung war, ihnen nachzugehn, vor sie hinzutreten und der Frau zu sagen: »Hier bin ich, dein Mann, und ich komme, meine Rechte geltend zu machen.«

Im Augenblick jedoch, als er seinen Platz verlassen wollte, wurzelte ihm der Fuß am Boden, und er konnte nicht gehn. Der Blick, den er soeben in den Augen der Frau gesehn hatte, dieser aus Ängsten, Not und Bedrängnis aufatmende Blick, wie würde sein Ausdruck werden, wenn er plötzlich vor ihr erschien? Das Bild kam ihm wieder, als sie an der Wand ihres Schlafzimmers vor ihm gestanden hatte, an die Wand gedrückt wie ein armes, verfolgtes Tier, das keinen Ausweg mehr sieht, ihn mit den hilflosen Augen anflehend: »Laß mich, laß mich!« Sollte sich das wiederholen? Und es würde sich wiederholen, wenn er sie jetzt hinwegriß, die gequälte Frau, aus dem Asyl, in das sie sich geflüchtet hatte. Sie würde ja wohl folgen, o ja, denn sie war ein adliges Geschöpf, und adlige Menschen sind pflichttreu, würde ihm folgen, weil er vom Standesbeamten das Recht zugesprochen erhalten hatte, ihr das zu befehlen. Und an seinem Recht würde sie dann wieder krank werden und an der Krankheit sterben.

Peter Aichschnitzer erhob das Haupt – über ihm der blaßblaue Himmel, um ihn her die mageren Äcker der Mark, mit dem Schweiß der Mühsal zu kärglicher Fruchtbarkeit gedüngt – alles, was ihn umgab, predigte ihm ein Wort, das Schicksalswort »Resignation«. Es war ein allgemeines Schicksal, nicht sein eigenes allein. Wer sich einem allgemeinen Zustand unterworfen fühlt, braucht nicht mehr dagegen aufzubäumen, kann sich beruhigen. Er wurde ruhig. Wahnsinn war es gewesen, daß er diese Ehe eingegangen, Verbrechen wäre es gewesen, wenn er mit dem Weibe fürderhin zusammen hätte leben wollen. Seine Seele tat die Augen auf, und er erlebte einen Augenblick, wie er selbstloser in seinem ganzen bisherigen Leben nicht gewesen war, in seinem ganzen zukünftigen nicht wiederkehren würde. Das fühlte, das wußte er mit einemmal. Wenn er diesen Augenblick versäumte, dann gab er den finsteren Gewalten den Eintritt wieder frei, dann ging das Weib an seiner Seite zugrunde, und mit ihr vielleicht er selbst. Denn die finsteren Gewalten schwiegen in diesem Augenblick, aber sie waren nicht tot. Sollte ihr Zusammenleben nun darin bestehen, daß er ihr Gesicht belauerte, ob jemals, wenn sie mit ihm verkehrte, die holde Glut wieder darüber hingehn würde, die er in ihrem Gesicht wahrgenommen hatte, als sie zu dem anderen aufsah? Eifersucht auf diesen anderen, sollte das fürderhin der Inhalt seines Lebens sein?

Auf diesen anderen, der für seine Frau gesorgt, sich um sie geängstigt hatte, während er an seinem Schreibtisch gesessen und mit keinem Gedanken an sie gedacht hatte? Auch zur Eifersucht muß man ein Recht haben – hatte er eins? War es etwas anderes als nur verletzte Eitelkeit, wenn er sich sträubte, die Frau hinzugeben? Und wie erbarmungslos hatte er in seinem kritischen Amt über fremder Eitelkeit zu Gericht gesessen!

Ein Seufzer stöhnte in ihm auf. Denn freilich, etwas, das er gestern noch nicht gewußt hatte, wußte er jetzt: daß in diesem spröden Weibe doch ein Kern war, der warm werden konnte, wenn er nur in das richtige Klima kam. Das hatte er eben jetzt erfahren, als er gesehn, wie lieblich sie zu erröten vermochte, wenn sie liebte. Und noch einmal ging das Bild und der Eindruck an ihm vorbei, mit dem das Bild auf ihn gewirkt hatte. Dabei kamen ihm auch die Bücher wieder in Erinnerung, die der Mann vom Stuhle aufgenommen und ihr mit dem Manuskript in den Schoß gelegt hatte. So bekannt waren sie ihm vorgekommen – und jetzt mußte er lächeln: kannte er seine eigenen Bücher nicht mehr? Was es mit dem Manuskript für eine Bewandtnis hatte, wußte er nicht. Aber wie sie über Manuskript und Büchern die Hände ausgebreitet hatte, schützend, wie über einem teueren Gut, das hatte er gesehn, sah er im Geiste noch einmal.

Fast ohne zu wissen, was er tat, neigte er das Gesicht zu dem Baume, an dem er noch immer stand. Wie eine glatte, weiche Haut umschloß die Buchenrinde den Stamm. Ihm war, als hätte er ihre Hände vor sich, diese glatten, zarten, weißen, die ihn so merkwürdig gerührt hatten, als sie sich über seine Bücher breiteten.

So voller Verzweiflung hatten diese Hände sich gegen seine Umarmung gewehrt – so voll Zärtlichkeit umfingen sie seine Seele, so voll Liebe, voll Liebe.

Ein Gedanke überkam ihn, der ihm noch nie gekommen war: pathologische Studien hatte er an diesem Weibe machen wollen, Erfahrungen sammeln über ein hysterisches Seelenleben – jetzt machte er eine Erfahrung, eine, über die er gestern noch, in seiner grobsinnlichen Empfindungsweise, gehöhnt haben würde, daß es zwischen Mann und Frau ein geistiges Verhältnis geben kann, ein Verhältnis, aus dem der Mann Gewinn und Glück schöpft, und daß es zu Grunde und verloren geht, wenn die Leiber dazwischen kommen.

Er richtete sich auf, er fühlte, daß plötzlich etwas in ihm klar geworden war, daß sich etwas entschieden hatte. Er wollte fort, fort und nie wiederkommen, nie wiedersehen wollte er die Frau. Mochten sie zusammenbleiben, die beiden, unter dem alten, grünlich gefleckten Ziegeldach, zusammenbleiben und miteinander verwachsen – er würde sie nicht hindern. Scheiden lassen wollte er die sträfliche Ehe, die zwischen ihm und Iduna Schneideband gewesen war. Wenn er sich das Lebensgut erhalten wollte, das diese Frau plötzlich für ihn geworden war, dann durfte es nicht anders sein, dann mußte die Entfernung zwischen ihnen sein, zwischen ihren Leibern der körperliche Raum.

Einen letzten Blick schickte er zu dem Hause hinüber, einen letzten Gedanken, dann wandte er sich um, und langsam begann er den Weg zurückzuwandern, den er gekommen war.

Als er die Station erreichte, war der Zug bereits angekündigt, der ihn nach Berlin zurücktragen sollte. Bald würde er nun wieder zu Hause sein, in seinem schweigsamen Gelaß, an seinem Schreibtisch. Und dann – was kam alsdann? Wieder die Gletscherhöhle der Einsamkeit, in der er gelebt hatte? Ja freilich, wo tat sich eine andere Zukunft für ihn auf? Aber ein Gefühl war in ihm, als wenn in seinem Innern eine Wärme entstanden wäre, die früher nicht gewesen war und die ihn vor dem Erfrieren bewahren würde. Zu einem Bedürfnis war seine Seele erwacht, von dem sie früher nichts gewußt hatte, und zu der ersten Erfahrung, die er heute gemacht hatte, kam eine zweite: daß Seelenbedürfnisse den Menschen nicht ärmer machen, sondern reicher.

Über tredition

Eigenes Buch veröffentlichen

tredition wurde 2006 in Hamburg gegründet und hat seither mehrere tausend Buchtitel veröffentlicht. Autoren veröffentlichen in wenigen leichten Schritten gedruckte Bücher, e-Books und audio-Books. tredition hat das Ziel, die beste und fairste Veröffentlichungsmöglichkeit für Autoren zu bieten.

tredition wurde mit der Erkenntnis gegründet, dass nur etwa jedes 200. bei Verlagen eingereichte Manuskript veröffentlicht wird. Dabei hat jedes Buch seinen Markt, also seine Leser. tredition sorgt dafür, dass für jedes Buch die Leserschaft auch erreicht wird.

Im einzigartigen Literatur-Netzwerk von tredition bieten zahlreiche Literatur-Partner (das sind Lektoren, Übersetzer, Hörbuchsprecher und Illustratoren) ihre Dienstleistung an, um Manuskripte zu verbessern oder die Vielfalt zu erhöhen. Autoren vereinbaren direkt mit den Literatur-Partnern die Konditionen ihrer Zusammenarbeit und partizipieren gemeinsam am Erfolg des Buches.

Das gesamte Verlagsprogramm von tredition ist bei allen stationären Buchhandlungen und Online-Buchhändlern wie z. B. Amazon erhältlich. e-Books stehen bei den führenden Online-Portalen (z. B. iBookstore von Apple oder Kindle von Amazon) zum Verkauf.

Einfach leicht ein Buch veröffentlichen: **www.tredition.de**

Eigene Buchreihe oder eigenen Verlag gründen

Seit 2009 bietet tredition sein Verlagskonzept auch als sogenanntes "White-Label" an. Das bedeutet, dass andere Unternehmen, Institutionen und Personen risikofrei und unkompliziert selbst zum Herausgeber von Büchern und Buchreihen unter eigener Marke werden können. tredition übernimmt dabei das komplette Herstellungs- und Distributionsrisiko.

Zahlreiche Zeitschriften-, Zeitungs- und Buchverlage, Universitäten, Forschungseinrichtungen u.v.m. nutzen diese Dienstleistung von tredition, um unter eigener Marke ohne Risiko Bücher zu verlegen.

Alle Informationen im Internet: **www.tredition.de/fuer-verlage**

tredition wurde mit mehreren Innovationspreisen ausgezeichnet, u. a. mit dem Webfuture Award und dem Innovationspreis der Buch Digitale.

tredition ist Mitglied im Börsenverein des Deutschen Buchhandels.

Dieses Werk elektronisch lesen

Dieses Werk ist Teil der Gutenberg-DE Edition DVD. Diese enthält das komplette Archiv des Projekt Gutenberg-DE. Die DVD ist im Internet erhältlich auf **http://gutenbergshop.abc.de**